これってヤラセじゃないですか？

望月拓海

講談社
タイガ

CONTENTS

いですか？』キャスト表

大城了（おおしろ・りょう）

放送作家になるため上京した元ヤン青年。
情熱と行動力と優しさを兼ね備えている。

放送作家コンビ
「園原《そのはら》一《ひ》二《ふ》三《み》」

乙木花史（おとぎ・はなふみ）

パンダ帽が目印の美少年。番組企画の天才。
訳あって無口で意思疎通はスケッチブック。

前作『これでは数字が取れません』のお話

大城了と乙木花史は作家集団《韋駄天》の採用試験で出会い意気投合。
共に《韋駄天》で働きはじめた。
しかし、ある事件をきっかけにトップの韋駄源太と対立し窮地に。
二人が力を合わせて仕掛けた「逆転の奇策」が大成功し、韋駄に一矢報いた！
放送作家コンビ「園原一二三」を結成した二人は最高の番組作りを目指す——。

『これってヤラセじゃな

CAST

DEATH FIGHTING FOR WAVES 2

愛宕瞳
（あたご・ひとみ）
気ままな人気歌姫。
令和のラブソング女王。

宝生真奏
（ほうしょう・まかな）
若くして高い評価を得る
凄腕の女性放送作家。

楠瀬夢依
（くすのせ・ゆい）
オーディション番組に
挑戦するアイドルの卵。

蘇我竜彦	スパークTVプロデューサー。
岩波真吾	太陽テレビ局員。
滝武蔵	人気シンガーソングライター。
チャイ	制作会社のディレクター。
柳田海	若手俳優。愛宕瞳の友人。
Yokosky	六人組ヒップホップグループ。
梅林泰男	フリーディレクター。
藤堂明	演出家。真奏の師匠。

イラスト／鈴木りつ　デザイン／川谷デザイン

これってヤラセじゃないですか？

DEATH
FIGHTING
FOR
WAVES 2

#0「プロローグ」

とがったギターの音色がスタジオに降り注いだ。

お馴染《なじ》みのオープニング曲とともに、その生放送は始まった。

昭和の時代から活躍してきた名司会者と、若く美しい女性アシスタント。

番組を象徴する虹色《にじいろ》に輝く階段。

そこから降りてくるトップアーティストたち――。

選ばれた人間だけが歌える日本一有名な音楽番組、「ミュージックスターダム」。

三十年以上続くこの番組を知らない日本人はほとんどいないはずだ。毎週生放送の時間になるとＴｗｉｔｔｅｒで番組名がトレンド入りする。

出演アーティスト全組が階段から降り終わり、横一列に並んだ。

スタジオは想像していたよりも遥《はる》かに小さい。

こどものころから家のテレビで当たり前のように観《み》てきた光景が目の前にある。

司会者の身長は思ったより低かった。トレードマークのサングラスが印象的で、生身の人間ではなくアニメキャラクターみたいだ。
そのせいもあってか、夢の中にいるようでやけに現実味がない。
でも、夢じゃねえんだ。
おれたち園原一二三《そのはらひふみ》が、この番組の放送作家になれる。
日本一の音楽番組で、おれたちの愛と熱さを表現できるかもしれねえんだ。
女子アナに紹介され、一曲目を披露する男性アーティストがステージに向かった。
音楽がかかる。
音楽番組は素人だったおれたちがここまでたどり着くのは簡単じゃなかった。
歌声を聴いていると、この数ヵ月の思い出が蘇《よみがえ》ってきた。
それは、とんでもなく過酷で熱くて愛のある日々だった。

#1「アイドルはつらいよ」

「Mスタって、あのMスタすか⁉」

太陽テレビの会議室で、おれは西《にし》に訊《き》き返した。

レギュラー番組の会議が終わったあと、おれと相棒の乙木《おとぎ》花史《はなふみ》は番組プロデューサーの西智美《ともみ》に「話がある」といわれて残されていた。

「はい。大城《おおしろ》さんと乙木さんのコンビ作家、園原一二三さんをMスタの作家としてプロデューサーに推薦したいんです」

聞き間違いじゃない。園原一二三とはおれと花史の合同ペンネーム。おれたちがMスタに入れるのか？　ドッキリじゃねえよな？

おれはつい室内にカメラがないか見渡す。なかった。

彼女がMスタのフロアディレクターをしているのは知ってたけど、まさかあの番組に誘ってくれるとは思わなかった。それだけ、やばい番組なんだ。

「花史、やばいぞ」

隣に座っている花史を見ると驚いていた。今日もトレードマークのパンダの帽子をかぶってる。なんでこんなもんかぶっているかというと、まあいろいろある。

花史はスケッチブックにマジックで文字を書きはじめた。

相変わらず親しい人以外とは緊張して声を出して話せないから、おれ以外とはこうして筆談で会話することが多い。

『やばいです!! 土曜二十時から生放送されている「ミュージックスターダム」、通称〝Mスタ〟は日本一有名な音楽番組! 三十年間で千回以上も放送され、六千人以上のアーティストが出演してきました』

「乙木さん、相変わらず博学ですね」

西がやわらかく微笑《ほほえ》む。花史とはレギュラー番組をしばらく一緒にやっているため、もう筆談の会話にも慣れている。

日本の音楽番組はMスタしか出ない海外の大物アーティストは多い。日本人アーティストも初出演時に「Mスタに出ることが夢だった」とよく話す。日本で最も影響力のある音楽番組だ。

だけどそれだけに、

「おれたちみたいな若手が入れるんすか?」

放送作家を始めてまだ一年目だ。有名な番組は経験豊富な作家が担当するイメージがある。

「担当作家はほとんど大御所の方ですが、最近はティーン層の獲得に力を入れているんです。若いお二人にリアルな意見を出していただきたいんです」

おれは二十歳で花史は十八歳。若くてよかったぜ。

「花史、もちろんやるよな?」

花史は瞳をキラキラと輝かせながら何度も首を縦に振る。

「ありがとうございます。では、まずはほかの音楽番組を経験してもらいます」

「経験……すか?」

意外な提案に少し戸惑った。

「音楽番組はバラエティとは少し違うんです。Mスタほど大きな番組だと即戦力の作家さんが求められます」

「おれたち、音楽番組はやったことないっすからね」

おれは腕を組む。

今までやったのはすべてバラエティだ。たしかに経験不足だけど、音楽番組なんて、やりたくてやれるもんでもねえだろ。困ったな。

「なので、オーディション番組の仕事をご紹介します」

西は明るくいった。

「マジっすか⁉」

ここまでしてくれるなんて、ほんとにいい人だぜ。いつか恩返ししねぇとな。

「ええ。お二人は、TWINKLE《テインクル》をご存じですか？」

「七人組のガールズグループっすよね？」

即答すると、花史もすぐにスケッチブックを見せる。

『出場した勝ち抜きオーディション番組が話題になり、デビュー曲は十五ヵ国で一位を記録。ワールドツアーでも二百万人を動員しました』

「そのとおりです」

去年デビューし、日本のみならず世界中で大旋風を巻き起こしている。そこまでアイドルに詳しくないおれでも知ってるくらいだ。

「あの番組の第二シーズンがスパークTVで放送されるんです。収録現場で動ける若い作家さんはいないかと、プロデューサーに相談されてたんですよ」

スパークTVとは、ネット事業を手がけるスパークエージェントと太陽テレビが共同出資してつくったネットテレビ局だ。

「現場すか？」

めずらしい仕事依頼。今までは企画を考えたり台本を書いたりする仕事が多かった。

「出場者のインタビューなどをしてほしいそうです」

第一シーズンの出場者は十人だった。今回も同じ人数なら現場のスタッフもかなり必要になる。

横を見ると、花史が不安げにうつむいていた。

知らない人と話せない花史にはインタビューは難しい。だけど、おれたちはコンビ作家だから助け合える。ここが強みだ。

「おれがぜんぶやる。花史はフォローしてくれ」

おれはむしろ嬉《うれ》しかった。

頭脳面ではいつも花史に頼ってるから、ほかのことではおれが役に立ちたい。じゃないとギャラを二等分するのも申し訳ない。

『ありがとうございます』

花史はスケッチブックを持ちながら微笑む。

「ということで、おれが中心になってガンガン働きます！」

「頑張ってください。このオーディション番組には太陽テレビのスタッフも多いので、いい仕事をすれば別の音楽番組にもきっと呼ばれます」

おれたちの目標は五年以内に日本一の放送作家になることだ。

でかい番組を手伝えばそれだけ早く腕もついて日本一に近づける。若手作家がＭスタに入れるかもしれないなんて幸運だぜ。

うん？　若手といえば……。

「さっき、『担当作家はほとんど大御所の方』っていってましたけど、Ｍスタにも若い作家はいるんすか？」

西はなぜか表情を曇らせ、目を伏せる。

しかし、すぐに顔を上げはずんだ声を出した。

「一人だけいます」

いるのか。特別に認められた精鋭って感じだな。

大御所と張り合う孤高の若手作家――やっぱり会議でもガンガン発言して、企画もバンバン提案する強気なやつなのかな。

「では、三日後にスパークＴＶにいきましょう。プロデューサーを紹介します」

おれは「はい！」と答え、花史も大きくうなずいた。

目指すは日本一の音楽番組、「ミュージックスターダム」の作家だ。

まずはこのオーディション番組を成功させてやるぜ！


「遅《おせ》えな。十五時に待ち合わせなのに……」

神宮前にあるスパークTVの前でスマホの時計を確認する。

「もう十分も過ぎてますね」

花史もスマホを見る。西からはまだ連絡がない。しっかりしてる人だから寝坊じゃねえだろう。となると、おおかた番組収録が押してるとかか。

あ、収録といえば。

「花史、昨日大河内《おおこうち》さんから連絡があったぞ。特番の第二弾、半年後にやれるってよ」

おれたち園原一二三が企画し、人気俳優・大河内丈一《じょういち》がMCを務めた特番「大河内丈一の人生這《は》い上がり術」が一ヵ月前に放送され、評判も視聴率も上々だった。

太陽テレビは早速第二弾をやりたがっていたが、大河内の俳優業が忙しくなりスケジュールが一年以上先まで埋まっていたために保留になっていた。だが大河内は、おれたちのために半年後に特番を収録する時間をなんとかつくってくれたんだ。

「よかったです！」

いつもの天使みたいな笑顔を見せる。

花史はいつだって、こどもみたいに純粋だ。

でも……あのときに見せた笑顔は悪魔みたいだった。

『青島《あおしま》さんとは会いません。ぼくの夢は彼を殺すことですから』

花史の父親は、おれが日本一の放送作家と認めている青島志童《しどう》だった。

しかも、その父親を殺すこと――自分が五年以内に日本一の放送作家になり、青島に死にたいほどの敗北感を抱《いだ》かせることが、花史の目標だった。

「どうかしましたか？」

ずっと顔を見ていたため、花史が不思議そうにいった。

「いや、よかったな」

復讐《ふくしゅう》のために日本一を目指すなんてよくない。とはいえ、そんなことをいっても花史は止まらないだろう。

おれの生き様を見せることで花史を変えるしかないんだ。花史の気持ちを変えることが、おれのもう一つの目標だ。

スマホに西から着信が入った。

「大城さん、すみません。前の収録が押したために、これから太陽テレビを出るんです。先にスタジオに入ってください」

「スタジオすか？」

「一回目の放送で流されるＴＷＩＮＫＬＥの歌収録を観てもらうつもりだったんです」

ＴＷＩＮＫＬＥの生歌が聴けるのか。すげえ。

「了解っす。先に入ってます」

西からスタジオの場所を聞いて電話を切る。

そしてスパークTVに入ったおれたちは、それらしきスタジオについた。

でかい。「遺恨ビンタ」を収録したスタジオの一・五倍はある。

「ここかな？」

「ステージはありますね」

正面の突き当たりに、横幅十五メートル、高さ一メートルほどの大きなステージがあった。その前に何台ものカメラが置かれ、大勢のスタッフたちもいる。

「誰かに訊きたいけど、みんな忙しそうだな」

キョロキョロしていると、入り口近くの壁際に立っていた女の子と目が合う。

ショートカットの青い髪に白いヘッドホンをつけていた。年齢はおれたちと同じくらいに見える。

綺麗《きれい》な青い髪だな——。

見とれていると、女の子はおれに「うん？」という目を向け、口角を上げながらヘッドホンを外した。

「どうかしました？」

女の子がおれにいった。

髪に見とれてただけだけど、ちょうどいいから訊いちまおう。

「TWINKLEのライブ収録ってここすか?」

「はい。もうすぐリハーサルです」

話しかたに品がある。服装も白いブラウスに緑のスカートでどこか上品だ。青い髪だけどさらさらで整えられている。背筋がピンと伸びていて立ち姿がやたらと綺麗だった。

よく見たら、めちゃくちゃ顔も整ってるぞ。

身長は花史よりも低い。百五十センチちょっとか? 外見も話しかたも洗練されていて一般人っぽくない。

もしかして、TWINKLEのメンバーか?

グループの存在は知ってるけど、メンバーの顔まではハッきりわからない。こんな子、いたっけ? 彼女をまじまじと見ていたときだった。

「おはようございます! TWINKLEです!」

振り返ると、七人の天使たちが立っていた。

「よろしくお願いします!」

一人がいったあと、全員一斉に頭を下げ「よろしくお願いします!」と声を揃《そろ》えた。

みんな白いワンピースの背中に天使の翼をつけている。

頭を上げた天使たちが、一人ずつおれたちに「よろしくお願いします!」と大きな声で挨拶《あいさつ》しながらステージへと歩いていく。

その勢いに圧倒されたおれは「お……お願いします」と小さな声を返す。

青い髪の子はメンバーじゃなかったようだ。

TWINKLEのメンバーたちのほうが明らかに背が高かったからだ。

メンバーたちの身長はヒールを履いていることもあるが全員百七十センチ以上はある。

百八十センチくらいある子もいる。腰の位置もやたらと高かった。

「モデルみたいじゃねえか」

と唖然《あぜん》としていると、花史がいった。

「今や世界に受けるアイドルはカッコいい本格派です。身長やスタイルも選考に関係していたかもしれません」

いわれてみると、韓流《ハンりゅう》アイドルは男女とも背が高いイメージがある。

メンバーたちはスタッフと軽く打ち合わせをしたあと、早速ライブリハを始めた。

パフォーマンスが始まった瞬間、おれは度肝を抜かれる。

正直、「アイドルのライブなんてたいしたことない」くらいに思っていたけど、とんでもない勘違いだった。

歌もダンスも表現力もすごいけど、一番驚いたのは声量だ。素人とは比べ物にならないほど声がでかい。厳しいボイストレーニングをしてるんだろう。

そして二番のサビに入ったとき、TWINKLEが宙に舞った。

ワイヤーに吊《つ》るされながら歌う彼女たちは本物の天使のようだった。この光景が曲にバッチリと合っている。

「やばいな……」

おれは彼女たちを見上げながら口を開けていた。

「やばい演出です」

花史も目を輝かせている。

「——演出」

仕事中によく聞く言葉だけど、実はあまり意味をわかってない。番組で一番偉いディレクターも演出と呼ばれるけど、それとは別の意味だとはわかる。

「花史、演出ってなんだ？」

「ショーを盛り上げるために工夫をほどこすことです。ちなみに、この演出には百人以上のスタッフが関《かか》わっているはずです」

「百人⁉」

「演出家がアーティストと何度も話し合って演出内容を決め、美術さんや照明さんなどの現場スタッフも協力します。しかし、この衣装も演出もおそらく今日しか使いません」

「もったいねえ……」

アーティストを輝かせるこの一瞬のためだけに、大勢のスタッフが準備を重ねてきたんだ。演出ってすげえ──。

それにしても……いつも思うけど、花史はこんな情報をどうやって仕入れてるんだ？

歌が終わると、彼女たちはすぐにステージの前に置かれているモニターで、自分たちのパフォーマンスをチェックする。

みんな真剣な顔だ。平均年齢は十九歳と若いけどプロ意識もやばい。

感心していると、メンバーの一人が、おれたちのそばにいた青い髪の子にいった。

「真奏《まかな》さん、相談したいんですけど」

青い髪の子──真奏は「うん」と微笑み、歩いていく。メンバーたちはモニターを見ながら、真奏になにかを相談しはじめた。

顔の映りを相談してんのか？　真奏はマネージャーなのか。まだ若そうなのに、こんなに頼られているなんてすげえな。

少しすると、西が小走りでやってきた。

「大城さん、乙木さん、遅れてすいません。ここ、すぐにわかりました？」

息切れしている。

「ＴＷＩＮＫＬＥのマネージャーさん……あの真奏って人に訊いてわかりました」

おれが真奏を見つめると、西が不可解な顔をする。

「マネージャー？　彼女は――」

そのときだった。・

「故障⁉」

少し離れたところにいた中年の男性が、若いスタッフに大きな声を出す。

「岩波《いわなみ》さん……」

西が中年男性を見ながらつぶやく。

「知ってる人すか？」

「うちの局員で、この番組の演出です」

西はそういって、岩波のもとへ向かう。おれたちもついていった。

「岩波さん、どうかしたんですか？」

「おう、西。ワイヤーを吊るす機械が故障してさ」

岩波が渋《しぶ》い顔をする。

「TWINKLEを吊り上げるっていっていた？」

「ああ。三十分後には本番だ。TWINKLEにスケジュールの空きがないから今日しか撮影できない。どうすっかな……」

さっきの宙を舞う演出ができないってことか？

おれは頭をフル回転させる。この番組の作家になったからには解決できるアイデアを出したい。

……だけど、思いつかない。演出なんて、なにをどう考えていいのかもわからない。

頭を悩ませていると、真奏がやってきた。

「岩波さん、トラブルですか？」

「真奏……TWINKLEを吊れなくなった」

すると、あごに手をあてて少しだけなにかを考えた真奏は、

「チカちゃん」

モニター前にいたTWINKLEのメンバーの一人を手招きする。

背中に翼をつけたチカって子が歩いてくる。

彼女がおれたちの前に立ったとき、
真奏が背中の羽をむしり取った。


「おい、なにすんだよ⁉」

岩波が慌てるが、真奏はその手に握られた大量の羽を冷静に見つめる。

「簡単に取れますね。岩波さん、これぜんぶむしり取っちゃいましょう」

「は⁉ なにいって……」

岩波はすぐになにかに気づき、「そういうことか」と納得する。

真奏は微笑み、岩波にいった。

「二番のサビからカット割りを変えられますか？」

「わかった。手が空いてるスタッフは羽をむしり取ってくれ！」

岩波にいわれ、TWINKLEのメンバーたちは着脱式の翼を外して白いワンピース姿になる。スタッフたちは翼の羽をむしり取っていく。おれと花史も手伝った。

三十分後、なんとかすべての羽をむしり取り、本番が始まった。

翼をつけていないワンピース姿のTWINKLEがパフォーマンスをする。

これも悪くないけど、さっきのステージには到底かなわない。真奏はなんであの羽をむしり取ろうといったんだ？

疑問に思っているうちに曲が二番に進む。

変化が訪れたのは、二番のサビに入ったときだった。

空から大量の羽が舞い落ちてきた。

無数の羽が舞う中で歌うTWINKLEの姿は、夢の中みたいに幻想的だった。翼はつけていないけど、たしかに彼女たちが天使に見えた。

「すげぇ……」

あの羽をこんなふうに使うなんて――。

歌の世界観と完全に一致している。ワイヤーの演出より何倍もいい。

うかつにも、自然と涙が流れた。こんなに美しいライブは生まれて初めて見た。

TWINKLEが歌い終わり、スタッフからOKの声がかかる。

すぐにメンバーたちがステージの下にいた真奏に駆け寄った。

「真奏さん、さすが！」

「もとの演出よりよかったんじゃない？」

「自分のステージなのに泣きそうになっちゃった」

はしゃいでいるメンバーたちを見て、真奏も嬉しそうだった。

その光景を、おれは混乱しながら見つめていた。

「マネージャーなのに……なんであんな演出を思いつけるんだ？」

「宝生《ほうしょう》真奏さんはマネージャーではありません」

西が複雑そうな声を出し、おれをまっすぐに見つめた。

「作家さんなんです」

おれは絶句する。……放送作家なのか？

「この番組のチーフ作家であり、TWINKLEの座付き作家です。二年前に史上最年少でＭスタの担当作家にもなりました」

ちょっと待て。前に演出家の植田《うえだ》から「ある分野なら日本一と呼べる作家」の名前を教えてもらった。「音楽系だと宝生さんが一番担当本数が多い」と植田はいっていた。こんなに若いなんて……。

「今、いくつなんすか？」

「二十六歳です」

目の前にどでかい壁がそびえ立った気がした。

圧倒的な敗北感に襲われる。

年収一億円の放送作家、韋駄源太《いだげんた》にブレストでボロクソにやられたとき以上だ。韋駄は二十年以上もキャリアのあるベテランだったから、いつかは超えてやると思えた。

だけど、真奏はおれと同じ二十代だ。

それなのに、あんな演出を考えて、日本一の音楽番組も担当してるのかよ？

なにをどうやったって勝てる気がしねえ。

「本当はこの仕事をご紹介するか迷ったんです」

西が気まずい顔をする。

「真奏さんは、おそらく日本一音楽に詳しい作家さんです。お二人と歳《とし》が近いですし、落ち込むかもと……けれど、いつかは戦わないといけません」

いろんな作家と戦った上で存在感を出せなければ、誰からも日本一とは認めてもらえない。でも、あんな作家にどうやって勝つんだよ？　花史にもこんな演出は思いつけない。ひっくり返せない差を感じちまった。

西は無言のおれを見つめる。

「この仕事は受けないこともできます」

そのほうがいいかもしれない。ここで実力差を見せつけられて自信を失うよりも、もう少し実力をつけてから挑戦したほうが――。

と、花史がすごい勢いでスケッチブックに文字を書きはじめた。

それをおれに見せる。

『すごいです！　了《りょう》くん、彼女と仕事したらもっと成長できます！』

やる気に満ち溢《あふ》れている花史の瞳《ひとみ》を見て、我に返った。

……そうだよ。

おれたちは駆け出しだ。得るものはあっても失うものはなにもない。ボロクソにやられることで成長できるじゃねえか。負けてなんぼなんだよ。

それに、おれの隣には同じくらいすごいやつもいる。

これはピンチじゃなくてチャンスなんだ。

負けたっていい。傷つくことや恥をかくことを恐れていたら成長できねえだろ。とにかくぶつかれよ。

おれはでかい声で西にいった。

「もちろんやりますよ。彼女から技を盗みまくります！」


スパークTVの会議室に座っていたおれはスマホであることを調べていた。

隣には西と花史も座っている。

「お待たせしました」

会議室にベースボールキャップを後ろにかぶった男が入ってきた。続いて二人の男女も入ってくる。おれたちは立ち上がった。

「蘇我《そが》さん、紹介します。作家の園原一二三さんです」

西がいう。花史は固い笑みを浮かべ、かなり緊張していた。

最初に名刺交換したのは、キャップをかぶったこの番組のプロデューサー、スパークエージェントの蘇我竜彦《たつひこ》。歳は二十代後半くらいだ。

「コンビの放送作家はめずらしいですね。しかも、お二人とも若い」

と蘇我にいわれたため、

「二十歳と十八歳っす！」

でかい声でいった。

「ほんとに若いな……だからってナメないんで安心してください。うちの番組プロデューサーは全員二十代なんすよ」

スパークエージェントは成果主義で有名な会社だ。実力のある社員がどんどん昇進するために二十代の役員もいる。蘇我も目がギラついていて野心家に見えた。

「年食ってるおれが悪いみたいだな」

岩波が冗談をいうと、

「そういう意味じゃないですよ」

と蘇我が苦笑いをした。

演出の岩波真吾《しんご》とも名刺交換する。さっき西に聞いたのだけど、四十八歳で趣味はサーフィンらしい。色黒で髪が長くラフな服装だ。

「さっきはありがとね。コンビの作家は初めて会うよ」

岩波は人なつっこい笑顔を見せた。

そして番組のチーフ作家、白いヘッドホンを首にかけた宝生真奏とも名刺交換する。三人を待っているあいだ、真奏の名前をネットで調べていたらインタビュー記事を見つけた。予想以上にやばい作家だった。

幼少期からピアノを学び、芸術界の東大といわれる東京藝大の楽理科を卒業。大学入学直後に友人のクラシックコンサートを企画構成して成功。すぐにコンサート構成の依頼が殺到し、音楽番組の構成も頼まれるように。大学在学中の十八歳から放送作家として活動し、二年前に二十四歳でMスタの史上最年少作家になった。今の担当番組は十二本で、そのうちの十本が音楽番組だ。

おれとはなにもかもが違いすぎる。

東京藝大って日本一の芸術大学だよな？　番組も十本以上担当してるし、Mスタにも史上最年少の作家として入った。ピアノもやってて育ちもよさそうだから、きっと金持ちのお嬢様だ。自分と違いすぎてどう接していいかわからねえ。

名刺交換が終わると、西はおれと花史に「頑張ってください。いつもどおりリラックスしてやれば大丈夫ですから」といって帰った。

席に座ると、蘇我が口を開いた。

「『芽ぐむプロジェクト』の企画書は見ましたか？」

「はい。西さんに送ってもらいました」

番組名は、「芽ぐむプロジェクト」だ。「芽が出はじめた少女たち」という意味が込められている。

「改めてざっと内容を説明しますね」と、蘇我は話しはじめた。

「一万人が参加した予選を勝ち抜いた十人が、三回の審査を受けてデビューを勝ち取るまでのオーディション番組です。出場者は事務所に所属している子も無所属の子もいる。彼女たちの予選映像は、すでにスパークＴＶやＹｏｕＴｕｂｅで配信されています」

「前回と同じっすね」

　去年の今ごろに見ていたＴＷＩＮＫＬＥのオーディション番組と同じだ。

　蘇我が「ええ」とうなずく。

「『世界に通用するガールズグループをつくる』というコンセプトも、オーディションのルールも同じです。出場者は既存の楽曲にオリジナルの振りをつけて歌を披露。審査員の滝武蔵《たきむさし》さんと観客が一番残したい出場者に投票し、最も投票数の少ない出場者が一人ずつ脱落。最後まで生き残った七人だけがデビューできます」

　滝武蔵といえば、去年のＣＤと配信で年間総売上一位を記録したシンガーソングライターだ。前回のオーディションの審査員も滝だけだったし、ＴＷＩＮＫＬＥのプロデューサーも一人で務めている。

「ただ、前回の本選期間は半年でしたが、今回は一ヵ月なんです」

「驚きました。かなり短いですよね」

　企画書には一ヵ月の収録スケジュールも書かれていた。

「ああ。だから収録も編集も大変なんだよ」

岩波が困ったように笑う。

オーディションの開催日は、明日、十日後、三十日後で合計三回だ。オンエアも三回。第一次審査の三日後と第二次審査の十日後にそれぞれ二時間特番が放送され、最終審査だけは三時間の生放送特番。

一回目と二回目の特番はスパークTVで繰り返し放送され、太陽テレビのワイドショーなどでも短く編集して流すらしい。

TWINKLEのオーディション番組も太陽テレビのワイドショーで取り上げられていた。ネットと地上波で同時に盛り上げてムーブメントをつくる手法は、最近のテレビ界でよく行われている。

「滝さんのスケジュールが空いてない中、強引にお願いした企画なんですよ。とはいえ、園原さんにお願いすることはそこまでありません。オーディションの開票作業と、出場者のインタビューを手伝ってほしいんです」

本当に現場のスタッフだけが足りなかったようだ。

「わかりました」

「あとでメールで送る台本に、開票の流れやインタビューの質問案も書かれています。明日の一次審査の直前に打ち合わせを軽くしましょう。よろしくお願いします」

「あ……はい。お願いします」

「真奏さん、オーディションを盛り上げる企画の話ですけど――」

蘇我は真奏に話しはじめた。

……これだけ？

具体的な指示はせず、あとはおれたちに任せるってことか。

ネット業界の人はスピードを重視すると聞いたことがあるけどマジで早いな。五分もしないうちに打ち合わせが終わった。

「考えてきました」

真奏は落ち着いた笑みを見せながら、蘇我と岩波の前にペライチの紙を置く。

番組に差し込むコーナー企画の宿題を出されていたようだ。今回はオーディション期間が短いから、少しでも盛り上げたいんだろう。

といっても、もうオンエアまで時間がないから手の込んだことはできない。オーディション期間も一ヵ月と短いから、すぐに話題になるほどのインパクトも必要だ。

真奏は音楽に詳しいだろうけど、企画はまた別物だ。いくらなんでもこんなに難しい要望は簡単にはクリアできないだろう。

真奏がプレゼンを始めた。

「タイトルは、『トニー海老原《えびはら》のヘイ！　ミーが一位を予想しちゃうよ‼』。アイドルを最も多く抱《かか》える芸能事務所の社長トニーさんが、最後まで勝ち残ると思う出場者をランキング形式で発表。日本一アイドルをわかってるトニーさんの上げコメントで、出場者たちの価値が上がります」

めちゃくちゃおもしろいじゃねえか――。

おれはあごが外れそうなほど口をでかく開けていた。

岩波も「なるほど」と感心する。

「しゃべり言葉のタイトルも視聴者の関心を引くな」

アメリカに住んでいたトニー海老原は、所属アイドルに「ヘイ!」と話しかけ、自分のことを「ミー」と呼ぶ。所属アイドルたちはバラエティ番組などでそのエピソードをネタにしてきた。視聴者が共感できる身近なタイトルだ。

蘇我が興味深そうにうなずく。

「トニーさんが出場者を褒めれば、視聴者もすごい子だと思う。さすがの演出力ですね。トニーさんはうちの社長と仲がいいから、その線で当たってみます」

「はい」

一分で企画を通しちまった。

オーディションを盛り上げる目的を果たしているし、なによりおもしろい。ライブだけじゃなくて、番組企画でも演出ができるのかよ。

「ただ、『ミー』は『ぼく』にしません? ちょっとダサい気がします」

蘇我が眉間《みけん》にシワを寄せる。

いや、そこは「ミー」だろ⁉　トニーはたしかに「ぼく」ともいうけど、独特の「ミー」って言葉が共感を呼ぶんだ。

思わず口を開こうとすると、岩波がいった。

「『ミー』のほうがトニーさんっぽいでしょ？」

そうだよ。それが興味を引く気がする。

しかしそれでも、「そうかなあ」と蘇我は納得しない。すると真奏は蘇我ににこっと微笑みかけた。

「『ぼく』にしましょう。たしかに、『ミー』はちょっとダサいかも」

「でしょ？　そうしましょう！」

蘇我は満足げに頬をゆるませた。

二十時過ぎ、会議が終わった。

蘇我と岩波が会議室を出ていくと、花史がおれにいった。

「了くん、今日は先に帰ります」

「ラーメン食ってかねえのか？」

この時間帯に仕事が終わったら、だいたい二人で西麻布のラーメン屋台に寄っている。

「今日はお店を早く閉めて、桜《さくら》さんのお誕生会をするんです」

花史と一緒に暮らしている祖母の乙木文《ふみ》は、もんじゃ焼き店「もんじゃ文」を経営している。桜はそこの女性店員だ。

「そっか。明日の午前中、電話でインタビューの打ち合わせをしようぜ」

「わかりました」

花史は会議室を出ていった。

一人で西麻布にいくか。そう思って立ち上がると、

「大城さん、ご飯いきませんか？」

真奏がおれを見上げる。

おれが百八十六センチで彼女が百五十センチちょっと。大人とこどもみたいだ。

「メシすか？」

「はい。二十代同士ですし、仲よくなりたいんです」

首を軽く傾け、にこっとする。

下手なアイドルより可愛《かわい》いぞ。ってなにいってんだ。

おれと花史は日本一の放送作家を目指している。真奏はライバルなんだ。仲よくできる

わけねえだろ。ここははっきりと断ってやるぜ。

そう思って口を開こうとするが、

「ダメですか？」

気まずそうな真奏の笑顔を見て胸が切なくなった。

かなり勇気を出して声をかけたっぽいな。いや、そんな顔をしてもダメだぞ。ビシッと断ってやるぜ。仲よくなったら戦いにくくなるんだよ。

また口を開こうとすると、

「同業者はライバルですもんね。ダメですよね」

うつむき、さみしそうにいう。可哀想《かわいそう》で胸がはりさけそうだ。

そんな顔をしてもな、そんな顔をしても――。


「この先です」

真奏が嬉しそうな顔をして歩く。

「……はい」

断れなかった――。

真奏に連れられて、おれは表参道の裏道を歩いていた。

「ここです」

いわれ、目の前の建物を見る。角張った黒いコンクリートの二階建て。けど入り口がどこにもない。

「扉がないっすよ？」

いうと、真奏が建物の壁面に手をあてて押した。

「うおっ！」

扉が開いた。隠し扉だ。

中に入った真奏が扉に手をかけたまま「開きましたよ」という。

コンクリートの狭い通路を二人で歩く。

閉鎖された薄暗い通路を歩いていると不安になった。

突き当たりの扉を真奏が開くと、明るく大きな空間が広がっていた。

奥行き二十メートルはありそうな長細い店内。左側はカウンター席、右側はテーブル席だ。カウンターの中には巨大な水槽が置かれていて、いろんな熱帯魚が泳いでいた。

店員に案内され、カウンター席に腰掛ける。客はおれたちだけだ。

「大城さん、ここのカレー美味《おい》しいんですよ」

「じゃあ、それ頼みます」

「このあと仕事は？」

「ないっす」

「軽く飲みましょうよ。わたし、カクテル頼みます。大城さんは？」

「ビールを」

真奏は店員を呼んで注文を伝えた。

落ち着いてるけどテキパキしてて愛想《あいそ》もいい。これで仕事もできるんだから売れてるわけだ。

「大城さん、ここからは敬語やめません？」

「え？　いや……」

あんま距離を縮めたくねえな。その前に年上だし。

おれの煮え切らない態度を見た真奏は「あっ、ごめんなさい」といった。

「馴《な》れ馴《な》れしいですよね。二十代の作家さんは少ないから舞い上がっちゃった」

恥ずかしそうにうつむく。

……そうか。放送作家は三十代以上が多いもんな。

おれには花史がいたけど、彼女は大人たちの中で孤独に頑張ってきたのかもな。……まあ、それくらいはいいか。

「いいっすよ。タメ口で」

「ほんとですか？」

ぱあっと顔をほころばせた。

クールなイメージだったけど、こんな嬉しそうな顔もするんだな。

「ええ。でも、おれは年下なんで敬語で」

「えー」と軽く頬を膨《ふく》らませる。

これは可愛いぞ。おそらく相当な数のテレビ局のおっさんたちがやられてる。

「おばさん扱いするの？ それセクハラだよ」

「いや、そんなつもりは……」

敬語がセクハラかよ。女の人は難しいな。

「じゃあ、タメ口ね」

もう決定のノリだな。まあ、しかたねえか。それがいいっていうんだから。

「……はい」

「嬉しい。じゃあ、了くんって呼んでいい？」

「はい。じゃなくて、ああ」

「わたしのことは真奏って呼んで」

「わかった」

親戚《しんせき》の姉ちゃんみたいに話そう。

おれは改めて店内を見回す。

「しかし、すげえ店だな」

「ここね、わたしがプロデュースしたの」

「ええっ⁉」

おれはのけぞった。

「驚きすぎ」

クスクスと笑う。笑いかたも品がある。

「音楽事務所の社長さんがオーナーでね、やってみないかっていわれて」

「なんでもできんだな」

ここまで差があると、もう悔《くや》しくもないな。

「ぜんぶ同じだよ。この店も演出してるだけ」

「……演出？」

「隠し扉でワクワクさせて、暗い通路で不安にさせて、解放感のある空間で感動させる。

緩急が大事なの」

「な……なるほど！」

感心してついでかい声が出る。テレビの構成やライブ演出と同じじってことか。

メモをとりたいけど恥ずかしいから覚えておこう。隠し扉でワクワクさせて、暗い通路で不安にさせて……あとなんだっけ？

「放送作家には自己演出も必要なんだよ」

「自己演出……？」

「セルフプロデュース。この青い髪もそのためなの。ただ者じゃないって思われて、会議で意見が通りやすくなる」

「な……なるほど！」

「今日のトニーさんの企画もね、蘇我さんを気持ちよくさせるために賛成したんだよ」

あのタイトルか。『ミー』より『ぼく』がいいという蘇我に、真奏は賛成していた。

「それは、蘇我さんに好かれるために？」

「うん。『ボスに好かれろ』。これは勝つための鉄則」

と無邪気な笑顔を見せるが、おれの心はどんよりとした。

理屈はわかるけど、そのやりかたには賛同できない。

「あざとい？」

顔をのぞき込まれる。心を読まれた。

「まあ、少し」

韋駄は「生き残りたけりゃ、クライアントの犬になれ」といっていた。

その考えにどうしても賛成できなかった。自分を殺してまでクライアントを優先するこ

とが正しいとは思えない。しかし、

「媚《こ》びるためじゃないよ。そのほうが、みんなが幸せになれるから」

真奏は優しい声を出した。

思いもよらない言葉だった。

「番組が失敗しても作家は責任を取らなくていいでしょ？　けどプロデューサーは違う。特にスパークＴＶのような実力主義の会社だと、視聴数の少ない番組をつくってたらすぐに異動させられる」

たしかに蘇我とおれたちは違う。太陽テレビの西だって番組の視聴率で社内での立ち位置が変わるだろう。

「蘇我さんは責任を背負ってるんだから、好きにやらせてあげたい。もちろん、番組が失敗すると思ったら反対する。ただ、できるだけ尊重したいの」

「尊重か……」

「それに、番組制作は航海みたいなもの。船長の考えに寄り添えばチームもまとまる。結果的に企画の成功につながるし、わたしたち作家も幸せになれる」

「な……なるほど！」

さっきから「なるほど」が止まらねえ。こんなに感心するのは、こどものころに「トリビアの泉」を見たとき以来だ。

こんな知識はいろんな番組に参加しないと得られない。「ボスに好かれろ」か。さすがの花史もこれは知らないだろう。

「すげえな、師……真奏は」

やべえぞ。つい「師匠」と呼びそうになった。いつの間にか尊敬している。けどダメだ。尊敬したら負けを認めるのと同じだ。

バシッ!!

おれは両手で自分の頬を叩《たた》いた。

「どうしたの?」と真奏が目を丸くする。

「いや、なんでもねえ……」おれは笑顔を見せた。

気合いだ。なんとかのまれないようにしないと。

「そういう意味だと、了くんたちも少しセルフプロデュースしてもいいかもね」

「どんなふうに?」

食いついちまった。なんでこんな興味深いことばっか話してくるんだよ。スルーしたい。でも教えてほしくてたまらない。きっと真奏のいうとおりにしたら上手くいく。そう思えてならない。

「花史くんは筆談で会議するってほんと?」

狭い業界だからどこかで聞いたんだろう。

「ああ」

「それ、今回は考えたほうがいいかも」

「筆談しないほうがいいってことか？」

真奏が真剣にうなずく。

「蘇我さんはスピードを重視する。筆談でやりとりをしたら、『会議が遅くなる』といって花史くんをクビにしかねない」

「マジか⁉」

「ドライなのよ。前も、蘇我さんに反対ばかりして会議の進行を遅らせていた作家をクビにしてた」

それだけでかよ……。だが、たしかに蘇我の会議は早かった。ネット業界の人はテレビマンよりドライな気もする。テレビ局のプロデューサーも役に立たない作家は遅かれ早かれクビにする。そのスピードが速いってことか。

「どうするかは自由だけど、幸いこの番組の会議はあと三回しかないから」

心配そうにいう。せっかく入った歳の近い作家に辞めてほしくないという思いもあるのだろう。

おれは腕を組んで考える。

「自己演出か……よし。おれが園原一二三のプロデューサーになるか。花史の役に立ちたいし」

「役に立ちたい？」

「ああ。企画では頼りっきりだからな」

「じゃあ、頑張らないとね」

真奏は優しく微笑んだ。

よし、決めたぜ。

おれたち園原一二三は生まれ変わる！

翌日の午後、おれはスパークＴＶの外で待っていた花史の前に立った。

「花史、待たせたな」

花史は引きつった笑みを浮かべる。

「了くん、その髪はどうしたんですか？」

おれは髪を真っ赤に染めていた。

「やばい企画を思いついたぜ。園原一二三、大改造計画だ！」

スパークTVに入り、廊下を歩きながら昨夜のことを花史に伝える。

午前中に電話でインタビューの打ち合わせをしたが、真奏とメシに行った話までする時間がなかった。

「セルフプロデュースですか」

「日本一になるためには必要だと思ってよ。だから、この番組の会議では花史は筆談を我慢して、おれも蘇我さんに反対しない。『ボスに好かれろ』を実践しながら番組の成功を目指すってのはどうだ?」

少し考えた花史は、「わかりました」と微笑んだ。

「おし。そうしようぜ!」

会議室に入るとスタッフたちが集まっていた。蘇我、岩波、ディレクター五人。真奏はいない。「少し遅れる」とさっきLINEが入った。おれと花史はディレクターたちと名刺交換する。

蘇我の仕切りで収録の流れを確認し、スタッフ全員で昨日と同じスタジオに向かった。スタジオに入ってすぐの場所に黒いカーテンが吊るされていた。天井から吊るされてスタジオの隅《すみ》まで左右に広がっているから中がまったく見えない。

カーテンには「←観覧者様」、「→出演者様&スタッフ」と書かれた二枚の紙が貼《は》られていた。おれたちは右に歩いていく。

台本にはオーディション会場の見取り図も書かれていたから構造は把握している。このカーテンの奥には、もう一枚のカーテンが垂直にステージまで引かれ、スタジオを左右二つに区切っているはずだ。左側四分の三を観覧客のいるオーディション会場、右側四分の一を出演者やスタッフのいる舞台袖《そで》として使う。

しばらく歩いてカーテンの途切れたところで左側を見ると、十人の出場者たちが立っていて、「おはようございます！」と挨拶された。

左手のカーテンの前にはモニターが三台置かれていた。そのカーテンの向こう側からは観覧客たちの話し声が聞こえてくる。

ステージは上手の二、三メートルだけ舞台袖側に出ていて階段もついている。あの階段を上がって登場すれば、会場が沸くってわけか。

現場スタッフの技術はすごい。昨日はだだっ広いスタジオにステージがあっただけなのに、たった一日で立派なライブ会場ができあがっている。

「チャイ、きてくれよ」

おれと花史の近くにいた岩波がモニター前にいた小柄《こがら》な男を呼んだ。

眼鏡《めがね》をかけたその男が小走りでやってくる。

「大城と乙木、ディレクターのチャイだ」

笑顔で「よろしくお願いします！」と名刺を差し出される。おれと花史は名刺を交換する。名刺を見ると、「高橋光一《たかはしこういち》」と書かれていた。制作会社の社員のようだ。

「チャイって、インド紅茶の？」

疑問に思ったおれは本人に訊いた。

「はい。チャイが好きで、この名前で芸人もやってたんです」

現在三十歳のチャイは、お笑い芸人を引退したあとに長年ＭスタのＡＤとして働き、つい最近やっとＭスタのディレクターに昇格したという。声が高くて腰が低く、真面目《まじめ》そうな人だった。

岩波とチャイと話していると、チャイがおれたちの後ろを見ながら手を挙げた。

「女将《おかみ》さん、こっちです！」

振り向くと、黒いキャップとＴシャツ姿の中年女性がチャイに手を振る。

女性はなにかを載せたワゴンを押しながら歩いてくる。

「チャイさん、おはようございます」

と、女性が品のいい笑顔を見せる。Ｔシャツの胸には「中華弁当　喜明《よしあき》」という刺繡が入っていた。

「園原さん、こちら喜明の女将さんです。ぜひ担当番組で注文してください」

チャイにいわれ、おれと花史は女将に会釈した。

ワゴンには弁当が五十個以上は載っていた。出演者とスタッフ用の弁当か。

「お弁当屋さんすか？」

「知る人ぞ知る中華の重鎮、山下高喜《やましたたかよし》さんの中華料理店が、二年前にお弁当屋さんにリニューアルしたんです」

チャイがはりきってPRする。

「へえ、リニューアルすか」

「主人がもう高齢なので、今は昼過ぎまでしか働いてないんです」

女将が幸せそうな笑顔を見せる。

こんな形のリニューアルもあるんだな。「中華の重鎮がつくる弁当」はキャッチーだから人気がありそうだ。

「チャイが激推ししてて、こうやっていつもみんなに紹介してるんだ」

岩波が笑う。

「美味しいお弁当は全力で推します。今日もAPさんに頼んでもらったんです」

チャイはそうとう自信があるようだ。

「たしかに、辰屋《たつや》さんや銀之助《ぎんのすけ》さんよりも美味《うま》い。Mスタの弁当もチャイに推薦されてからは喜明さんばっかだもんな」

岩波がいった。

辰屋や銀之助って、テレビにもよく出てる弁当屋じゃねえか。食べるのが楽しみだぜ。

チャイのスマホが鳴った。

「女将さん、そろそろ到着するそうです」

スマホを見たチャイがいうと、女性は頭を下げて去った。楽屋でプロデューサーかＡＰから代金をもらうのだろう。

「開票まで暇だろ。観客席で観ていいよ」

岩波にそういわれ、おれと花史は観客席に向かった。

スタンディング三百人の最後尾から前を見ると、ステージの下手に一人用の机と椅子《いす》が用意されていた。

しばらくすると、チャイが出てきて前説を始める。

元芸人らしく話がおもしろかった。チャイは観客たちに自分たちの推しの出場者以外のときも大きな拍手をしてほしいとお願いし、会場を盛り上げはじめた。

「ぼくが『芽ぐむプロジェクト』最高！　といったら、皆さんも、最高！　と続けてください。いきますよ。『芽ぐむプロジェクト』最高！」

「最高！」

「『芽ぐむプロジェクト』最高！」

「最高！」

「『芽ぐむプロジェクト』最高！」

「最高！」

「皆さんも最高です！　ありがとうございました！」

会場から拍手が湧《わ》き上がる。チャイは短時間で観客たちを熱くさせた。

「それでは、この方に登場していただきます。審査員兼、このオーディションで誕生する新グループのプロデューサー、滝武蔵さんです！」

チャイが紹介すると、舞台袖からボサボサ頭のひょろっとした男がステージに現れた。観覧客から大きな拍手が起こる。

会場のボルテージが一気に上がったが、滝の周りだけには静かで優しい空気が漂っていた。初めて生で滝を見た。まだ二十八歳なのに落ち着いている。

滝は静かに微笑んだ。

「今日はぼくもワクワクしています。よろしくお願いします」

そのひと言だけで、割れるような大拍手が湧き上がった。

滝はステージ下手の席に座る。

フロアディレクターが「それでは参ります！」と声を響かせた。

「本番五秒前、四、三——」

「芽ぐむプロジェクト」のオーディション本選が始まった。

「次の方、どうぞ」

滝がいうと、舞台袖から出場者が出てきた。

黒いロングヘアーに黒いTシャツ、細身のパンツに膝下《ひざした》まである編み上げのロングブーツも黒で統一。パンキッシュな服装の女の子だ。

顔は明らかに可愛い系だから、ファッションが少し合っていない。

彼女はおれと花史がインタビューする予定の楠瀬《くすのせ》夢依《ゆい》だ。

「あの子も背が高いな」

と、おれは隣にいる花史にいった。

「今までの七人も長身でスタイル抜群でした」

曲がかかり、固い表情をした楠瀬がパフォーマンスをする。

ゴツいブーツを履いているのにダンスが上手い。今までの七人もそうだったけど、一万人が参加した予選を勝ち抜いただけあって、歌もダンスもレベルが高い。

ただ、楠瀬にはなにか足りない気がした。一生懸命だけど、TWINKLEのライブみたいに胸を熱くさせるものがない。なにが足りないんだ?

声量？　ダンスのキレ？　表情？

曲が終わり、「ありがとうございました！」と三百人の観客に頭を下げる。

滝がマイクを持つ。

「ありがとう。厳しいことをいうけど、君らしさが見えない。ほかのアイドルの物真似《ものまね》にしか見えないんだ」

楠瀬はうつむいた。

そうだ。一生懸命だけど、どこか嘘《うそ》くさいんだ。誰かの真似をしていたからか。やっぱり滝はすごいな。よくわからない違和感を言葉にできる。

「ただ、実力はある。今まで本気で頑張ってきたこともわかったよ」

滝は優しくいった。

「ありがとうございます」

楠瀬の瞳に涙がたまる。それを見たおれも目頭が熱くなった。

今まで必死に頑張ってきたのだろう。本気で練習していないとこんな声量も出ないしこれだけキレのある動きもできない。スタイルがいいのも体重管理を徹底してきたからだ。

滝はこれまで出てきた七人の出場者にも、ダメなところははっきり指摘して、いいところはしっかり褒めていた。

ＴＷＩＮＫＬＥのオーディションでも、滝の愛のあるコメントは話題になっていた。

投票で落ちたメンバーを、後日「最も誠実に課題に取り組んだ」という理由で引き戻したこともあり、「出場者たちの人間性も見ている」といわれていた。

楠瀬はステージから退場した。

「しかし、ステージで自分らしさを出すって難しいよな」

おれは首をひねる。

「はい。どうすれば出せるんでしょう?」

花史も首を傾けた。さすがにこの答えは花史にも難しいようだ。

「難しいね」

おれの隣に真奏が立っていた。

「了くん、花史くん、おつかれさまです」

花史が恥ずかしそうにぺこりと頭を下げる。真奏にはまだ人見知りしてる。

「今きたのかよ?」

「ううん、チャイさんの前説から前で観てた」

「チャイさんを知ってんのか……ああ、Mスタで一緒だもんな」

「もっと前から。お互い駆け出しのころからの付き合い」

「へえ。同じ制作会社に所属してたとか?」

「当たり。苦楽をともにしたの」

多くの放送作家はフリーか、作家事務所に所属してるか、制作会社に所属している。駆け出しの作家は制作会社に所属してるやつが一番多いかもしれない。

「楠瀬さんの資料は見た?」

真奏がおれにいった。

「ああ。所属してた地下アイドルグループが解散。無所属でこのオーディションに参加したんだよな?」

昨日の会議のあと、出場者の資料も蘇我からメールで送られていた。歳は十七歳で、高校の芸能科に通っている。

「きっと前の事務所がなにも教えてくれなかったのよ。だから必死にほかのアイドルを真似するしかなかった。だけど、それじゃ個性のない量産型になる」

西は真奏のことを「日本一音楽に詳しい作家」だといっていた。楠瀬を見るだけでどんな道を歩んできたのか見当がつくんだ。

楠瀬は真面目そうだ。だからこそ忠実に真似をしすぎた。でもそのせいで個性が殺され、魅力のないアイドルになりかけてるってことか。

おれは腕を組んで考え込む。

「真似するのが癖《くせ》になってるなら、今から個性を見つけるのは余計に難しそうだな」

「うん。だからああいう子には、自分では気づいていない魅力を伝えてあげるといいの。

自分らしさは自分だけじゃつくれない」

自分の魅力は自分ではわかりにくい。だから、他人が客観的に見て魅力的なところをいってあげればいいってことか。

残り二人のパフォーマンスも終わり、投票に入った。

三百人の観客はスタジオに入る前に配られた投票用紙に、残したい一人の名前を書く。滝の一票には五十票の価値がある。

おれと花史、真奏とディレクターたちは観客と滝から用紙をもらい、会議室に持っていき急いで開票。スピードを重視するため二つの会議で手分けして数える。

数え終わったスタッフからその結果をスタジオの蘇我にＬＩＮＥし、最後に蘇我が集計し順位と名前を紙に書いて滝に渡す。

観客を待たせて白《しら》けさせないためにすぐに結果発表の収録を開始した。

十人の出場者がステージに並び、滝が一位から発表していく。

おれたちが早く集計できたために、観客は熱く盛り上がって一次審査は終わった。

「それじゃ、始めましょうか。おつかれさまでした」

おれは楽屋で楠瀬にインタビューを始める。

「おつかれさまでした！」

九位で生き残った楠瀬が緊張の面持ちで答える。

小さな楽屋には、楠瀬とカメラマン、おれと花史しかいない。

花史からは午前中にアドバイスをもらっていた。

台本の質問案には、

Q　オーディションの感想は？

Q　滝のコメントについて思ったことは？

Q　次の審査への意気込みは？

その下に、「※あとはスタッフが気になることを質問」と書かれていた。

花史には「質問の答えを掘り下げてください」といわれていた。そうすることで、出場者のより深い気持ちを聞けるという。

「オーディションの感想は？」

おれは楠瀬に訊く。

「わたしなんかが残れるなんて、夢みたいです」

ぎこちない笑顔。

謙虚な子だ。だからこそ、優等生っぽくて個性が見えない。

「滝さんにああいわれて、どう思いました？」

楠瀬は微笑しつつ、うつむいた。

「そのとおりだなって」

落ち込んでいるようだ。その顔を見たおれも切なくなったけど、乗り越えてほしい。

解決策を考えてもらうためにも、ここを掘り下げるか。

「どうすれば、いいと思います？」

楠瀬が真剣な顔で考え込む。

答えを待っていると、花史に肩をポンポンと叩かれ、スケッチブックを見せられた。

『質問が難しすぎます』

はっとする。

「すいません、難しいっすね」

こんな難しい質問の答えが簡単にわかるわけない。

「いえ、上手く答えられずにすいません。こんな映像、使えないですよね」

楠瀬は固い笑顔をつくる。そして少しだけ間を空けたあと、

「どうすればいいかは、まだわかりません。けど、その課題をクリアして二次審査に臨みたいと思います！」

元気にいった。

コメントを使いやすいように流れを戻して前向きなことをいったんだ。笑顔になってから話しはじめるまで少し間があったのも、編集して使いやすくするためだ。

テレビをよく研究している。まだ高校生なのに。

頑張り屋なことを視聴者に伝えたい。

「オーディションのために頑張ってきたことは？」

「毎日、歌とダンスを十四時間練習してきました」

「十四時間⁉」

「地下アイドル時代は八時間だったけど、足りないと思って」

ほんとに真面目だな。それだけ練習してもデビューできる保証はないのに。

つい訊きたくなった。

「なんで、そんなに頑張れるんすか？」

楠瀬は太陽みたいな笑顔を見せた。

「努力は報《むく》われるって信じてるので！」

その笑顔で、楽屋の中が瞬《また》く間《ま》に照らされた気がした。

すごく楽しそうだから、おれの頰も自然にゆるんだ。表情も可愛い。楠瀬の笑顔は人を惹《ひ》きつけると思った。

ふと、真奏の言葉を思い出す。

『あいう子には、自分では気づいていない魅力を伝えてあげるといいの』

「その笑顔……」

おれがボソッというと、楠瀬はきょとんとした。

「次は、その明るい笑顔も見せてみたら？　楠瀬さんっぽいと思ったから」

さっきのステージは表情がぎこちなかった。このクールな衣装もどこか違う気がする。

でも、今の笑顔は自然だった。

「努力は報われる」なんてまっすぐに信じられるのも、明るくて前向きだからだ。今の笑顔には、そんな本来の楠瀬らしさが詰まっていた。ステージでも見せればもっと輝ける気がする。

けど、よく考えたら。

「あ、すんません、余計なこと」

スタッフのおれがいうことじゃない。いらないおせっかいだ。

けれど楠瀬は「わたしっぽい……」と、なにかに気づいたような顔をして、

「ありがとうございます！」

また太陽みたいな笑顔を見せた。

インタビューが終わったあと、スパークTVで会議をした。

出席したメンバーは蘇我と岩波、五人のディレクター、真奏とおれと花史だ。

この定例会議では収録の反省と今後について軽く話すだけだと聞いていたため、大きな議論もないと思っていた。しかし会議が始まるなり、蘇我は突拍子もないことをいった。

「岩波さん、二次審査の観覧客を六百人にしませんか？」

「六百⁉　予定してた倍ってことか？」

岩波が面食らう。

「ええ、今日の収録を見たんですけど、三百人だと画面が地味なんですよ」

「あのスタジオには三百人しか入らねえよ」

「だから、外の大きな会場を借りられません？」

岩波は少し考えたあと、怒りを抑えるようにいった。

「二次審査は九日後だ。ディレクターは編集もあるのに、現場の準備まで頼めねえよ」

蘇我は画面を派手にするため観客を増やしたいようだ。

第一回の放送は三日後。おそらく五人のディレクターが手分けをして映像を編集し、最後に岩波が一本につなげる。ディレクターはその作業で手一杯なため、今から会場を新しく借りてステージづくりをする時間がとれないのだろう。

「そこをなんとか。かっこいいオーディション番組にしたいんです」

たしかに会場は少し地味に見えたから、蘇我のいってることもわかる。

「だいたい、今から貸してくれる六百人規模の会場なんてあんのかよ？」

岩波がとがった声を出す。この意見もわかる。

大きなライブハウスやコンサートホールは一年前から予約が入ってると聞いたことがある。九日後はきつそうだ。ディレクターたちも憂鬱《ゆううつ》そうな顔をしている。

ところが、真奏がアイデアを出した。

「一ヵ所、心当たりがあります。ちょうど九日後、太陽シアターのライブがキャンセルになったと、太陽テレビの事業局長がいっていました」

太陽シアターとは、太陽テレビの運営するライブ施設を兼ねた大きな劇場だ。毎日のようにライブや舞台が開催されていて、千人以上の観客が入ったはずだ。

「そこを借りましょうよ。予算はいくらでも出します」

蘇我が頬を上げながら前のめりになる。

「けどスタッフが……」

岩波がキツそうな顔で髪をかき上げる。ディレクターや現場スタッフに無理をさせたくないようだ。

と、蘇我がおれを見つめた。

「大城さん、どう思います？　観客を増やす以外に、画面を派手にする方法ってないじゃないですか？　そうしたほうがいいと思うんですよ」

なんでおれに訊くんだよ⁉

……真奏は蘇我寄りで、ディレクター五人は岩波寄り。互角の戦いだから、おれを味方につけたいのか。

みんながおれを見てる。早く決断しねえと。

でも、どっちを選べばいいんだ？

花史がスケッチブックを出してなにかを書きはじめる。すべてを解決するいいアイデアがあるのか？

助かった——じゃなくて、筆談は禁止だ。花史がクビにされる。やめろ、花史——心の中でさけんでいると目が合う。

花史は手を止めてうつむき、静かにスケッチブックを閉じた。

やばかった……どうする？　早く決めろ。蘇我は無駄な時間を嫌う。

蘇我はかっこいい番組にしたいから観客を倍にしたい。岩波はそれを嫌がっている。ディレクターや現場スタッフが大変だからだ。

ただ……真奏もいっていた。蘇我は責任を背負ってる。それに、蘇我の考えに寄り添うほうが番組が上手くいく。なにより、おれがおもしろい番組を観たいんだ。

視聴者目線の意見をいうのなら。

「おれは……大きな会場がいいと思います。そのほうが盛り上がるし、番組もおもしろくなると思います」

「ですよね！」

蘇我が嬉しそうにいった。

それを見た岩波は、観念したように大きく息を吐《は》いた。

「やるしかねえか。みんな、悪いけど頼むよ」

岩波はディレクターたちに申し訳なさそうにいった。

会議が終わり、花史と廊下を歩いていると、「大城さん！」と後ろから蘇我に呼び止められた。

「さっきはどうも。岩波さん、頑固なんで助かりましたよ」

「いえ、番組を成功させるためにいっただけです」

蘇我は顔をゆるませる。

「大城さん、来月から始まるスパークＴＶのレギュラー番組も手伝ってくれませんか？」

「え？　……はい、ぜひ！」

「大城さんとは波長が合いそうだ。この番組が終わったら詳しい話をしましょう。おつかれさまでした」

蘇我は立ち去った。

おれたちの大改造計画は早くも実を結んだようだ。

このまま最後まで新生・園原一二三として突っ走るぜ！


三日後、おれの家で花史と「芽ぐむプロジェクト」のオンエアをチェックした。

ノートパソコンの画面にタイトルが流れる。

「おっ、始まったぞ」

「ドキドキします」

パソコンでオンエアチェックするのは初めてだ。

番組の冒頭でＴＷＩＮＫＬＥのスタジオライブが流れる。

あの羽の舞う演出が映った。何台ものカメラがメンバーをアップや引きで、正面や左右から撮影していた。その切り替わりがパフォーマンスをよりドラマチックにしていた。

「画面で見たら、ますます鳥肌もんだな」

「カット割りのたまものです」

おれは顔をしかめる。

真奏がこの演出を提案したとき、「カット割りを変えられますか?」と岩波にいってたな。なんのことか知らないから意味がわからなかった。

「アーティストを映すアングルやカメラの切り替えは、演出家がカット割り台本を書いて決めているんです。このカット割りで、パフォーマンスの印象も変わります」

この幻想的なカット割りは岩波がやってるのか。あの人もすげえな。

TWINKLEのライブが終わり、いよいよ一人目のオーディション映像が流れた。

まずは出場者を予選の映像を使いながら二、三分のナレーションで紹介。歌が上手いなどの特徴がピックアップされる。そして出場者が一次審査で歌い、滝がコメントした。

同じ形で、ほかの出場者たちの映像も流れていく。

やがて八番目の出場者、楠瀬の予選映像が映った。ナレーションが流れる。

『続いては、エントリーナンバー八番、楠瀬夢依さん。所属していた地下アイドルグループが解散し、最後の挑戦のつもりでオーディションに参加しました』

それだけで、オーディション映像に移った。

「やけに短いな」

「そうですね」

ほかの出場者は歌声を聴かせたりダンスを見せたりして特徴も説明されていたのに。

さらに滝のコメントは、

『厳しいことをいうけど、君らしさが見えない。ほかのアイドルの物真似にしか見えないんだ』

そこで次の出場者の紹介映像に切り替わった。

「このあと褒めてたよな？」

「はい。『ただ、実力はある』と」

そこはカットされている。

その後、エントリーナンバー九番と十番の出場者の映像も流された。彼女たちも楠瀬と同じように紹介映像と滝のコメントが短かった。九番は落選した子だ。

結果発表のあと、出場者たちのインタビューが流れる。一人につき一、二分ずつ流れ、楠瀬の番になる。

『滝さんにああいわれて、どう思いました？』

『そのとおりだなって……』

それだけで終わった。

「はやっ！　前向きなことをいってたし、十四時間練習してるっていってたのに……」

「カットされてますね」

九番と十番の子のインタビューも同じくらい短かった。

そのまま番組は終了した。

七人の出場者はしっかりと紹介され、三人の出場者は短く紹介されていた。インタビューも同じだ。

「なんでこんなに尺が違うんだろ？」

「もしかしたら、『巧遅《こうち》は拙速《せっそく》に如《し》かず』かもしれません」

「コーチは早速におかず……どういう意味だ？」

花史はことわざに詳しい。

「上手くて遅いよりも下手でも速いほうがいいということです。編集期間が短かったので編集が荒くなったのかもしれません」

「……それだな」

たとえば、一本にした映像の尺がかなりオーバーした。十人全員を平等の長さにしようとすると編集に時間がかかるから、後半の三人だけをばっさり切った。オンエアに間に合わせるために、しかたなかったのかもしれない。

楠瀬は運が悪かったけど、次は編集期間があるからこんなことはもうないだろう。

このときのおれは、まだそう思っていた。

おれは本当に、相変わらずバカだったんだ。


六日後、太陽シアターのオーディション会場で楠瀬がパフォーマンスをしていた。

おれと花史は六百人の観客の後ろで楠瀬を見ていた。

楠瀬の服装は、黒いネルシャツに細身のジーンズに黒いロングブーツ。今日もパンキッシュなファッションだ。

パフォーマンスは前回よりずっといい。あの太陽みたいな笑顔を見せていたため楠瀬らしさが出ている。

だけど、まだ気になる点があった。

楠瀬のパフォーマンスが終わると、六百人の観客が大きな拍手をした。

会場も広くなり観客も倍になったため、前回とは比べものにならないほど壮大な空間になった。無理をしても変更したのは正解だったみたいだ。

「ありがとう」

とステージ下手の席に座る滝がいった。

「楽しそうな笑顔がいいです。君らしさは、その明るさかもしれない」

そういって微笑む。

「ありがとうございます！」

楠瀬は嬉しそうに頭を下げるが、滝の表情が厳しくなった。

「それでも、まだ本当の君が見えない。ダンスの動きが小さくて、まるで本気を出していないみたいだ。ぼくの気のせいかな？」

楠瀬は、うつむき口を閉ざす。

おれも同じことを思った。楠瀬のパフォーマンスは、どこか遠慮しているようだ。わざと全力を出していないような……なんでだ？

「自分をさらけ出してほしい。それが君に出す課題だ」

滝はいった。

その後、最後の出場者も歌い終わり、投票に入った。

作家とディレクターたちが観客と滝から投票用紙を集め、二つの会議室で手分けして開票。個別にその結果を舞台袖にいる蘇我にＬＩＮＥする。

滝がステージで一位から順番に結果発表し、第二次審査は終わった。

「おつかれさまでした」

太陽シアターの楽屋で、おれは楠瀬にインタビューする。

楠瀬はまたギリギリの八位で勝ち残った。

今日も楽屋には楠瀬とカメラマンとおれと花史しかいない。

「おつかれさまでした」

楠瀬は思い詰めた顔をしていた。滝のコメントを気にしているのだろう。

「オーディションの感想は？」

「嬉しいです。残りは最終審査だけなので、最後まで頑張りたいです」

笑顔がこわばっている。

「滝さんのコメントについて、どう思いましたか？」

「……わたしのことをよく見てらっしゃるなと思いました」

自分の動きが小さいことを前から自覚していたのか？

なら、なんで改善できていないんだ？　こんなに努力家なら、問題点はクリアしてきそうなのに。

もう少し話を聞いたら、またなにかアドバイスできるかもしれない。

「ダンスの動きが小さい理由に、心当たりがあるんですか？」

「……はい」

うつむき、消え入りそうな声でいう。

「それは……なに？」

「……いいたくありません」

嘘をついて前向きなコメントをしてもいいのにそうしない。それだけ真面目なんだ。

彼女は死ぬほど勝ちたいはずだ。なのに、なんで全力を出さない？

いったい、なにが原因なんだ？　なにが彼女を苦しめてんだよ？


「じゃあ、定例会議は以上で。おつかれさまでした」

太陽シアターの会議室で、蘇我が満足げにいった。

「おつかれっす」

岩波が不機嫌にいって会議室を出ていき、ディレクターたちもついていく。

真奏も「おつかれさまでした」と微笑みながらいって出ていった。

気まずい顔をしてうつむくおれに、蘇我が微笑みかける。

「大城さん、今日もありがとうございました」

「いえ。でも、現場スタッフの準備は間に合うんすかね?」

「今度は二十日もあるんで大丈夫ですよ」

インタビュー終わりの定例会議で、蘇我は岩波にまた予定変更を頼んだ。

二十日後に行われる最終審査の会場は太陽テレビに隣接する太陽アリーナで開催される予定だった。ライブイベントやレッドカーペットイベントも行われる、開閉式屋根のあるエンタテイメントスペースだ。

蘇我はまたもや「もっと派手にしたい」といって、メインステージに出場者を映す大型モニターをつけてほしいこと、観客席の中央にセンターステージを増設してほしいことを岩波に提案した。

蘇我と岩波はいい合いになり、おれはまた蘇我に意見を求められた。迷った末に、おれはまた番組の成功を考えて蘇我に賛成。その結果、岩波は渋々《しぶしぶ》承諾した。

「乙木さん。大城さんに話があるので、少し二人にしていただいてもいいですか?」

蘇我にいわれ、花史はペコリと頭を下げて会議室を出ていった。

おれだけに? いったいなんの用だ?

「大城さん、三日後に出場者の密着取材があるの、ご存じですよね?」

「はい。二回目のオンエアに差し込むんですよね？」

今日の第二次審査の模様は十日後に放送される。その二時間特番に、勝ち残った八人のプライベートに密着した映像が入るはずだ。そう企画書に書かれていた。

「楠瀬夢依さんの密着ロケに同行して、彼女が嫌な子に見えるようにしてくれません？」

蘇我が軽くいう。だが、いってる意味がわからない。

真面目な楠瀬を嫌な子に見せる？

なにかの演出？　でも、なんのための？　話題を呼ぶ仕掛けでも考えてるのか？

いや、そもそもそんな演出はダメだろ。これはバラエティじゃなくドキュメンタリーなんだ。

「なんでそんなことするんですか？」

蘇我がきょとんとする。おれの質問を不思議に思ったようだ。

「やだなぁ。彼女を落とすために決まってるでしょ？」

蘇我は薄気味の悪いにやけ顔をした。

その顔が、カマキリやハチのような感情のない昆虫みたいに見えた。

「……は？」

おれはまだ理解できない。

「最終審査はネット投票も加わるでしょ？　彼女に票が集まると困るんですよ」

そこでようやくわかった。

顔から血の気が一気に引き、心臓の鼓動が激しくなっていく。

マジか？　こんなことが本当にあるのか？

ダメだろ？　なぜなら――

「これってヤラセじゃないですか？」

蘇我は一瞬真顔になる。そして笑った。

「演出ですよ。テレビの人ならわかるでしょ？」

印象操作して出場者を落とすことが？　演出じゃなくて不正だろ？

唖然とするおれの耳元で蘇我がささやく。

「大城さんだけに話しますけど、最初から大手の事務所に所属してる七人を残すと決めてたんですよ」

これまで落ちた二人の出場者は無所属だ。楠瀬も事務所に入っていない。

「今までは投票数を操作する必要もなく、無所属の二人が落ちたんです。なるべくなら最終審査もガチでいきたいでしょ？」

だから……投票の最終結果は蘇我しかわからないようにしていたんだ。思いどおりの順位にならなかったら、嘘の順位を滝に伝えようとしていた。

驚きのあまり少し笑ってしまった。

「なんで……そんなことを？」

「新グループを成功させるためですよ。大手事務所の子を合格させたらバックアップしてもらえる。つまり、ぼくの企画が成功する」

でも不正だろ？　あんなに頑張ってる楠瀬が理不尽に落とされる。

「そんなの――」

「この話は内緒ですよ。世間に知られたら、彼女たちのデビューが消えちゃうんで」

おれは口を閉じた。

今ここで蘇我を止めようとしたら……どうなる？

蘇我はドライな人間だから、最悪おれはこの番組をクビになる。

そのあとも、おれは誰にも不正のことをいえない。明るみに出たら出場者たちのデビューがなくなるからだ。彼女たちの夢を奪えない。

だったら、どうすればいい？　……とにかく今は蘇我を止められない。

「楠瀬さんの密着は岩波さんがするんです。でもあの人、頭が固いでしょ？　初回放送のときに無所属の三人の映像を短くしろっていったら『なんでだ？』ってうるさくて。最後はぼくが編集したんですよ」

だからおれをロケにいかせたいのか。でも。

「どうして、おれに頼もうと思ったんですか？」

蘇我は満面の笑みを見せた。

「大城さんが、ぼくと同じだからですよ」

「……同じ？」

「自分の成功のためならなんでもする頑張り屋だ。だからぼくにも協力してきたんでしょ？　そういう人が一番信用できるんですよ」

違う。そりゃあ自分の成功のために頑張ってるし蘇我にも協力した。でもそんなつもりじゃ――

「頼みましたよ。岩波さんには、大城さんも手伝ってくれるといっときますんで」

蘇我は会議室を出ていった。

やばいぞ。まずは頭を整理しろ。

ロケの同行を断ったらどうなる？

……それだけならクビにならないかもしれない。ただ、蘇我はおれを自分とは考えの違う人間だと思う。そうなったら誘われたレギュラー番組の話もなくなるだろう。

つまり、不正を止めたらクビになる。ロケの同行を断ったらレギュラー番組が消える。

これからどうする？

……花史に相談するか？

いや、相談しても不正は止められない。蘇我は自由に投票数を変えられるし、おれたちは誰にも不正のことをいえないんだ。なにをどうしても止められない。もしも話したら、花史にも秘密を抱えさせることになる。

だったら……花史には黙ってるしかない。あいつまで苦しめたくない。

ただ、不正はまずい。絶対にダメだ。いったいどうすりゃいいんだ？

頭を抱えながら会議室を出ると、花史が廊下で待っていた。

「了くん、なんの話だったんですか？」

「ああ、楠瀬さんの密着取材にいけっていわれた」

「お手伝いですか？　ぼくもいきます」

しまった。普通にいっちまった。

花史がロケにきたら、余計にややこしくなるだろ？

「は……花史はいいよ。やることは楠瀬さんに質問するくらいだろ」

「了くんをサポートします。コンビですから！」

……そうなるよな。うん、そりゃあそうなる。

これでロケにいかなくちゃならなくなった。

なんでおれは、こんなにバカなんだよ？

三日後の十五時前、おれと花史は六本木ヒルズのクモのオブジェ前についた。

おれは先に待っていた岩波とカメラマンと音声スタッフに会釈をする。

「おつかれさまです」

花史はまだ岩波に人見知りしてるため、声を出さずにお辞儀だけをした。

「おつかれ。今日は手伝ってくれるんだってな」

岩波が笑顔を見せる。これまで蘇我に味方してきたおれを嫌っている様子はない。

「……はい」

「ロケ中は自由に楠瀬と話していいから。リラックスさせてくれよ」

「わかりました」

楠瀬はまだきていないようだ。

「大城、目の下のクマがすごいぞ」

「そうすか?」

おれはしらばっくれた。

この三日間、メシはほとんど喉《のど》を通らず夜もろくに寝てない。体重は三キロ落ちた。不正に加担しないといけないかもしれないプレッシャーのせいだ。だが、おれの中ですでに答えは出ている。

おれはこのロケで、楠瀬が嫌な子に見えるように仕立て上げる。

なにをどうしようが、楠瀬は落とされる。だったら、せめておれと花史が生き残る選択をする。それしかないんだ。

こんなの、たいしたことじゃねえ。日本一になるにはこういう汚いこともしなきゃいけないんだ。園原一二三のこれからのためにやってやる。やってやるぞ。

「目が血走ってるけど、大丈夫か？」

岩波に心配される。

「え、ええ。ちなみに、今日はなにを撮るんですか？」

「楠瀬の買い物についてって、自宅の部屋を見せてもらって、夕方にメシ。ロケは三時間だ」

岩波がリュックからハンディカメラを出した。カメラマンは一人いるけど、これでも撮るのか。

「台本はないんですよね？」

「蘇我くんが出場者の素を見たいっていうからな。けど、三つのサプライズ企画は用意している」

「サプライズ？」

「真奏が考えた企画だ。出場者全員に同じことをする」

いったいなにをするんだ？　考えていると、

「おつかれさまです！」

と楠瀬が走ってきた。白いTシャツに細身のジーンズに黒いロングブーツと、今日もパンキッシュなファッションだ。

「おつかれさまです」と岩波とおれが声を合わせ、花史はお辞儀した。

すると突然、楠瀬は岩波に頭を深く下げた。

「岩波さん、すいません！」

「どうしたの？」

岩波が戸惑う。

「自宅の取材、やっぱりお断りしたいんです」

「どうして？」

「……すいません。でも、代わりに動画を撮ってきました！」

楠瀬はスマホの画面をおれたちに見せた。楠瀬が自撮りしながら実家の自分の部屋を紹介していた。

「これでいいよ。映像データ、メールしといてもらえる？」

岩波が優しくいうと、楠瀬は「はい！」と元気に答えた。

「まずは買い物にいくか」

岩波がカメラを回しはじめる。カメラマンも音声スタッフも撮影の準備をする。

「岩波さん、リュック預かります」

おれはいう。ハンディサイズのカメラでも、ずっと持っていると疲れるだろう。リュックを背負っていないほうが体の負担も減るはずだ。

「悪いな」

岩波はリュックを差し出す。それを背負うと予想以上に重かった。ディレクターはすげえ。頭だけを使う作家とは違って体力も必要だ。スーパーマンみたいだな。

おれたちは六本木ヒルズにあるファストファッションブランドのショップに向かった。

「一つ目のサプライズ企画です。三万円をあげるので好きな服を買ってください」

店内に入った瞬間、岩波は楠瀬にカメラを向けながらいった。

さっきいってた企画はこれか。

「ほんとですか⁉」

楠瀬は大喜びした。

そして店内を散策し、好きな服を選んで試着室に入る。すぐに着替え終わって出てきた。

「すげえ似合ってる」

おれはつい口にする。

袖の広がった白いブラウスとふわっとした水色のスカート。ゆるふわ系ファッションだ。今までのパンキッシュ系より楠瀬っぽい。

「いつもと全然違うっすね」とおれがいうと、褒められて嬉しかったのか、

「普段はこういう服装が多いんです」

楠瀬は照れ笑いした。そのリアクションも可愛かった。

予算はまだ一万円ほど残っていたため、試着したまま別のものも選んでもらう。

楠瀬は靴のコーナーで立ち止まり、白いレザーのスニーカーを見つめた。

おれは楠瀬の服装を見ながらいった。

「その服とも合いそうですね」

今履いている黒いブーツよりも遥かに合ってる。金額も予算内だ。

しばらく悩んだ楠瀬はアクセサリーのコーナーに移動し、銀色のネックレスを試着した。鏡で首元を確認する。これも気になってたのか。クールなクロスのデザイン。かっこ

いいけど、今の可愛い服装にはあまり合ってない。一万円だとどちらかしか買えない。

「このネックレスにします」

楠瀬はカメラに微笑み、レジに向かった。


夕方、岩波はゆるふわ系ファッションの楠瀬を、芸能人御用達《ごようたし》の焼き肉店に連れていった。これが二つ目のサプライズ企画だった。

店の前に着いたとたん、楠瀬はまた大喜びした。この年ごろの子はみんな焼き肉が大好きだろう。

店員に座敷《ざしき》席に案内されると、楠瀬がいった。

「岩波さん、テーブル席でもいいですか？　ブーツを脱ぐのに時間がかかるので……」

「たしかに面倒そうだな」

岩波は編み上げのブーツを見ながらいう。膝下まであるから紐《ひも》をゆるめるだけでかなり時間がかかりそうだ。途中でトイレにでもいくことになったら大変だ。

岩波が店員にいって、おれたちはテーブル席に案内してもらった。

楠瀬が焼き肉を食べてリアクションしたところで、岩波がまた発表した。

「三つ目のサプライズは、抜き打ちカバンチェックです」

出場者のいつも持っているものを映すことで、視聴者に人となりを知ってもらおうという企画だった。しかし、そう説明された楠瀬が深刻な顔をした。

「気が乗らない？」と岩波が優しく訊く。

「……いえ」

楠瀬は笑顔をつくり、カバンの中身を見せてくれた。

ペットボトル、手帳、化粧ポーチに財布、モバイルバッテリー……出しながら楠瀬が説明していく。その後、予想外のものを出した。

テーピングをするためのテープと、おそらくそれを切る用のハサミだ。

「これは、なにに使うの？」岩波は訊いた。

「これは……」と言葉を詰まらせる楠瀬を見て、おれはある疑惑を抱いた。

もしかして……怪我《けが》をしているのか？

このテープで足首を固定しているから、ダンスの動きが小さい？

けど、なんで隠している？

……言い訳をしたくないのか。真面目だから怪我のせいにしたくないんだ。体調管理ができずに怪我をした自分が悪いと思っている。だからいわないんだ。

と、おれのスマホに着信。蘇我からだ。

「岩波さん、蘇我さんからなんで、出てもいいすか？」

「おう、いいよ」

おれはトイレにいって電話に出た。

「大城さん、ロケは順調ですか？」蘇我に訊かれる。

「……はい」

ほんとは順調じゃない。楠瀬を嫌な子に仕立て上げられていない。

「そうですか。じゃあ……保留にしようかな」

「なにをすか？」

「昨日、岩波さんから電話があって。ぼくの計画に気づきはじめてるみたいなんですよ」

岩波は蘇我と一番絡みが多いスタッフのはずだ。蘇我は一回目のオンエア映像も最後は自分が編集したといっていたし、そろそろ不正に気づいてもおかしくない。

「だから、もしも岩波さんがロケで必要以上に楠瀬さんの肩を持ったら、この番組を降りてもらおうと思ってたんです」

「えっ？」

「頑固な演出と仕事をしても大変ですから。でも安心しました。大城さんが上手くやってくれてるんですね」

「いや、そういうわけじゃ……」

「また謙遜《けんそん》して。岩波さんのことはロケ映像を見て決めます。引き続きお願いします」

蘇我は電話を切った。スマホの時計を見るとロケの残り時間はあと二十分。おれは急いで席に向かう。

やばいぞ——。

この密着映像の内容次第で、岩波がクビになる。プロデューサーに嫌われてクビになったら、岩波の経歴にも傷がつくし太陽テレビでの立場も悪くなる。

今まで撮影した映像じゃ蘇我は納得しない。あんなに簡単に演出をクビにしようとしているやつなんだ。このままだとおれも切られるかもしれない。楠瀬をもっと嫌な子に見せないと、岩波も園原一二三もやばい。

席に戻ると、岩波と楠瀬が和気あいあいと話し、花史も微笑んでいた。

「毎日十四時間も練習してるんでしょ？　具体的にはどんなことをしてるの？」

岩波がいった。

ダメだ。この子を努力家に見せたら蘇我の機嫌を損《そこ》ねる。

おれは席に座り、楠瀬にいった。

「『この子には負けたくない』と思ってる出場者はいる？」

この質問なら、編集によっては勝ち気すぎる子に見せられるかもしれない。

「みんながライバルであり仲間だと思ってます」

楠瀬が太陽みたいな笑顔を見せる。

完璧《かんぺき》な答えだ。おれに褒められた笑顔も見せて——でも、これは使われないんだ。本当に申し訳ないけど、おれの力じゃどうすることもできないんだ。

岩波が口を開いた。

「お父さんやお母さんは、オーディションを応援してくれてる?」

こんないい子なんだ。家族とも仲がいいだろうから応援してくれてるだろう。けど、その話を聞いても岩波が追い詰められるだけなんだよ。

「両親は——」

「滝さんにいわれたコメントで、腹が立ったことは?」

おれはいった。罪悪感で岩波と花史を見られない。ただ、こうするしかないんだ。頼むから「あった」といってくれ。

「ないです。ためになることばかりで、いつも感謝しています」

楠瀬は嬉しそうに答えた。

「好きなアイドルや尊敬するアーティストは?」

岩波が訊く。楠瀬をいい子に見せたいのだろう。蘇我の不正を疑ってるから肩を持っている。だけど、そんなことをしても無駄なんだよ。

蘇我は最悪また自分で編集するし、投票数だって操作できる。楠瀬は絶対に落とされる。だから、せめておれたちだけでも生き残らないといけないんだよ。

「たくさんいるけど、一番好きなのはYokosky《ヨコスカイ》さんです」

「日本が世界に誇るヒップホップグループか。ダンスもラップもすごいよね。そんじゃ、ラップもできるとか？」

岩波がまた訊くと、楠瀬が顔の前で手を何度も振った。

「いえ、ぜんぜん。観るの専門です」

「ほかに好きなアーティストは？」

「ほんとにたくさんいるので……ちょっと待ってください」

楠瀬が真剣に迷う。

残り時間はあと少し。楠瀬はいい子だ。なにを質問してもなかなか嫌な子には見えない。どうすればいい？

……怒らせるか？

なんでもいい。とにかく怒りそうなことをいうんだ。

悩む楠瀬に岩波がいった。

「もしかして、いつものパンキッシュな服装も好きなアーティストを意識してるの？」

「いえ、そういうわけじゃ……」

笑顔で楠瀬が答えた瞬間、おれは口を開いた。

「楠瀬さんにはパンキッシュな服は似合わないよ」

楠瀬が面食らう。岩波も花史も驚いていた。

おれは平静を装いながら続ける。

「自分のアピールポイントがわかってない。自己分析が足りないよ。そんなんで合格できると思ってるの？」

胃液が喉まで上がってきた。胸が苦しくてぶっ倒れそうだ。

自分の雰囲気に合ってないからといって、好きな服装を変える必要なんてない。楠瀬はなにも悪くないんだ。必死に頑張ってきた子にこんなことをいうなんて最低だ。でも、おれは怒らせないといけないんだよ。

頼む。怒ってくれ――。

祈るような気持ちで、うつむきながら楠瀬の答えを待っていると、
楠瀬の膝に置かれた手の上に、大粒のしずくが落ちた。

「ごめ……んな……さい」

肩を大きく震わせ、しゃくりあげながら楠瀬は泣き続けた。「すいません」「本当にすいません」と何度も謝りながら。

おれは最初のインタビューで楠瀬の笑顔を褒めた。不安なオーディションの中で味方だと思っていたおれにこんなことをいわれて、悲しかったのかもしれない。

あるいは、あり得ないほど努力をしてきたのにこんなことをいわれたから、お前になにがわかるんだと、怒りが湧いたのかもしれない。

とにかく、おれが泣かせた。楠瀬を傷つけた。自分が生き残るために。

そのとき、店内の窓ガラスに、赤い髪の軽薄そうな男が映っていた。おれらしき人物の姿だった。

あれは誰だ？　おれはいつから、こんなクソ野郎になった？

トイレに駆け込んだおれは、今日食ったものをぜんぶ吐いた。それからはあまり記憶がない。いつの間にか家に帰っていた。ずっとベッドの上に寝転がって放心状態だった。

翌日、蘇我から電話があった。

「泣いた映像は使えないけど、大城さんの本気を見ました」と上機嫌だった。自分のためにそれだけしてくれたと思って嬉しかったようだ。

蘇我のためじゃない。自分のためにやった。おれは自分が一番可愛いクソ野郎だ。

六日後、「芽ぐむプロジェクト」の第一回が放送された。

楠瀬の密着映像は短く、「自宅撮影NG、焼き肉店で好きな席にしか座らないワガママな子」として編集されていた。

テレビは、演出で人をどうにでも見せられる。誰か一人の意志だけで、こんなにも簡単に人の夢を奪うことだってできるんだ。

おれは初めて、大好きだったテレビを軽蔑《けいべつ》した。


その日、おれと花史はスパークTVの会議室にいた。

最終審査は五日後。これが最後の会議だったのだが、会議開始の時間になってもほかのメンバーはこなかった。

しばらくすると、ようやく蘇我がやってきた。

「今日の会議はバラしましょう」

「なんでですか？」

「ステージをいろいろと変更したから、ディレクターたちがバタバタしちゃってるんです。真奏さんはレギュラー番組のトラブルで」

「そうですか」

やっぱりあれだけの変更があると大変なんだろう。

「あと大城さん、相談があって」

蘇我が花史を見つめて、

「乙木さん、また少しだけ大城さんとお話しさせてもらってもいいですか？」

立ち上がった花史は頭を下げて会議室を出ていった。

とたん、蘇我はため息をついた。

「岩波さん、ぼくと大城さんが一緒に不正をしてると思ったみたいなんですよ」

……だろうな。おれが不自然に楠瀬を責めたせいだ。

「その話がほかのスタッフたちにも広がったみたいで。だからスタッフに怪しまれないようにしてほしいんです。Mスタのスタッフはプライドがあるから、不正は許さないと思うので」

蘇我が困ったように後頭部をかく。そのとき、初めて知った。

「……Mスタ？」

「聞いてませんでした？　岩波さんは長年Mスタのステージ演出をしてるんですよ。ほかにもこの番組はMスタを担当しているスタッフが多いんです」

西の言葉を思い出す。

初回の会議でおれと花史に「頑張ってください。いつもどおりリラックスしてやれば大丈夫ですから」と励《はげ》ましてくれていた。

ただでさえ初めての音楽番組の上、日本一音楽に詳しい作家もいた。おれたちにプレッシャーをかけたくなくて、Mスタのスタッフばかりということを黙っていたんだ。

だが、おれはディレクター陣から嫌われた。もうMスタには入れないかもしれない。

「これだけ怪しまれたら、最後の観客投票の結果はディレクターたちに見せるか……ネット投票の結果はぼくしか見られないので、そっちを操作すればいいですし」

蘇我は悩ましげにいった。次はネット投票の数を操作するつもりだ。

おれはもう、愛想笑いする気力もなかった。

「あ、大城さんはMスタのスタッフに嫌われても大丈夫ですよ。ぼくがスパークTVの番組に呼びますから。これからもお願いしますね」

蘇我はそういって出ていった。

……よかった。Mスタはダメかもしれないけど、スパークTVで頑張ればいい。不幸中の幸いだ。

けど、なんでだろう。

番組に呼ぶといわれたのに、ぜんぜん嬉しくない。最近はずっとこんな感じだ。生きてる気がしない。苛立ったり、落ち込んだり、苦しんでばっかだ。

いつからこうなった？　……セルフプロデュースをしようと思った？　……花史の役に立ちたかったからだ。

なんでセルフプロデュースに走ってからだ。

なんで役に立ちたかった？　それは——

「了くん」

いつの間にか会議室に入っていた花史が近くに立っていた。

「ああ、ラーメン食いにいくか？」

おれは覇気のない声でいう。

おれのせいで、花史もMスタに入れなくなった。花史への罪悪感に胸を締め付けられ、まともに顔を見られない。それに、西の思いやりも無駄にしちまった。おれは本当にクソ野郎だ。

「その前に、付き合ってほしいところがあります」

花史は嬉しそうにいった。


「めちゃくちゃ近いじゃねえかよ」

「はい」

一番前の席に二人で座る。目の前はリングだ。

「チケット、高かったろ？」

おれたちは総合格闘技の試合会場にきていた。五千人規模のホール。日本で最も有名な格闘技団体のイベントだ。おそらく五万〜十万円はする。

「文ちゃんに頼んでタダでもらいました」

「……その手があったか」

文は元・銀座Ｎｏ．１ホステスだ。顔も広いからコネを使って手に入れてくれたのか。

少し待つと第一試合が始まった。

初めは気分が乗らなかったが、第二試合、第三試合と進むにつれて、おれに変化が現れた。腹の底からエネルギーのようなものが湧き上がってきたんだ。そしてメインイベントのころには、大声を出してエキサイトしていた。

このとき、気づいた。

おれがこのイベントで熱くなれたのは、ガチだからだ。

選手たちはこの試合のために何ヵ月もトレーニングを積んで減量もする。そしてわずか数分間に、己のすべてをかけるんだ。だからこそ、おもしろいんだ。

おれはやっぱり、こんなテレビ番組を観たい。

熱いテレビ番組をつくって熱く生きたいんだ。


「ありがとな。いいもん見られたぜ」

西麻布の屋台でラーメンを食いながら花史にいった。

「了くん、お仕事は楽しいですか？」

いわれ、花史を見つめた。眉を下げ、心配そうな顔をしていた。

「ずっと楽しそうじゃないです」

「だから誘ってくれたのか？」

「はい」

ずっとおれを気にしてくれてたんだ。

楽しそうじゃない——。

花史は、おれの気持ちを見ていた。でもおれは、花史の気持ちを見ていたか？

ふと思い出した。

「花史、『芽ぐむプロジェクト』の会議で一回だけ筆談しようとしたよな。本当はずっと会議で意見をいいたかったのか？」

うつむきながら花史は微笑んだ。

花史はおもしろいことが好きだ。もともとある企画をさらにおもしろくすることも好きだ。おれは、それを我慢させていた。

そのことに気づいた瞬間、答えが見えた。

「やっとわかったよ。自己演出も大事だけど、もっと大事なのは楽しむことだ」

目先のことに捕らわれて、いつの間にか自分を見失っていた。

「……ぼくが頼りないからいけないんです」

花史は自信なげに笑った。

「会議で話せないのも、元気のない了くんに相談されなかったのも、ぼくが頼りないからです。もっと役に立てるようになりたいです」

おれと同じことを思っていたのか。

おれも役に立ってないと思ってたから、自己演出でコンビの力になろうとした。

花史が役に立ってないなんて思い込みだけど、おれが役に立ってないなんてのも思い込みだったんだ。

忘れていた。おれたちは弱いからコンビを組んだ。困ったことがあったら、すぐに話し合うべきだったんだ。おれたちは依存上等だ。いい依存をしていくんだ。

「花史、本当のことを話すよ」

おれはすべてを花史に打ち明けた。

「そういうことですか」

花史の微笑みを見て、心底ほっとする。ずっと胸につかえていたものがなくなってすっきりした。今まではわからなかったけど、おれはとてつもなく苦しんでいたんだ。

「おれは不正を止めたい。でもネット投票を操作されたらどうしようもないんだよ」

いくら花史でも今回は解決できない。

だけど、それでいい。話せただけで救われた。世の中にはしょうがないこともあるんだ。

そう思ったときだった。

花史は腕を組み、頭を左右に傾けながらブツブツといいはじめた。すごい早口のため聞きとれない。

異様な光景に圧倒されていると、花史がピタッと動きを止めた。

突然、自分の口を両手でおさえて前屈みになる。

「うふっ、うふふっ……」

肩を震わせながら笑ってる。

まさか、〝あれ〟を思いついたのか？

「ど……どうした？」

花史は笑いをこらえながらいった。

「了くん、やばい企画を思いつきました」

オーディション最終審査の日、おれと花史は太陽テレビの楽屋前にいた。

扉には楠瀬の名前が書かれた紙が貼られている。

紙袋を持っているおれに花史がいった。

「それでは、了くんにやってほしいことを説明します」

やっと話してくれるのか。

あのあと花史は、「やばい企画」がなんなのか教えてくれなかった。「今話したらつまらなくなるから、まだ秘密です」だそうだ。だが、おれには企画に協力してほしいという。

「楠瀬さんは、ある嘘をついています。しかし、オーディションで真実を告白できたら勝つことができます。了くんは今回の経験を踏まえて、正直になることの大切さを楠瀬さんに伝えてください。背中を押された楠瀬さんは告白できるかもしれません」

楠瀬が怪我を隠していることに花史も気がついたのか。

だけど怪我のことを打ち明け、滝や観客や視聴者に同情されて票数を伸ばしたとしても、蘇我は票数を変えられる。そのことは花史もわかってるはずなのに。

いや、花史のことだから考えがあるんだろう。おれにできるのは花史を信じることだ。

「わかった」

扉の前に立って大きく息を吐き、覚悟を決めてノックした。

「はい」と、楠瀬の声が聞こえる。

「作家の大城と乙木です」

楠瀬は扉を開いておれたちを入れてくれた。

いつもどおりのパンキッシュな服と、テカテカした編み上げのロングブーツ。

楠瀬はおれの頭を見て少し驚いた。

「髪の毛、黒くされたんですね。とっても似合ってます」

笑顔だった。あんなひどいことをいったのに、なんていい子なんだよ。

「これが、おれなんすよ」

おれが苦笑いすると、楠瀬は不思議そうな顔をした。彼女は赤い髪のクソ野郎なおれしか知らない。

「きょ……うは……が……ん……ばっ……て……くださ……い」

花史が微笑むと、楠瀬は目を丸くした。花史が声を出した姿を見るのは初めてだ。

「花史は、慣れてない人と話すとこうなるんだ」

「そうなんですか……はい。頑張ります！」

「花史は、おれよりずっとすごいんだ」

楠瀬がおれの顔を見る。

まずはこれをいわないといけない。じゃないとおれが進めない。

「だから、自信のないおれは花史の役に立ちたかった。けど、そのせいで花史に我慢させせたし、楠瀬さんにもひどいことをいった。本当にすいませんでした！」

　おれは上体を直角に曲げて頭を下げた。花史も一緒に下げてくれる。

「やめてください！　よくわかりませんけど、大城さんには笑顔のアドバイスをもらったし……」

　楠瀬があたふたする。

　こんなもんで許されるとは思ってない。本当に許してもらうためには、理不尽に落とされないフェアな戦いの舞台を用意しないといけない。

　おれは持っていた紙袋を差し出した。

「これ、お詫《わ》びに」

　楠瀬は戸惑いながら受け取り、中身を出す。

「これって……」

　あの店で楠瀬が見ていた、真っ白なレザーのスニーカーだ。

「花史のアイデアなんだ。『この靴がほしそうだったから』って。おれもそう思ったから二人で買った」

「でも……」

「受け取ってほしいんだ」

「……はい。ありがとうございます！」

楠瀬は本当に嬉しそうな顔をした。

おれは真剣な顔をする。ここからが本番だ。

「あと……楠瀬さん、本当のことをみんなに話してみないか？」

「本当のこと？」と楠瀬が目を大きくした。

「みんなに隠してること、あるだろ？」

おれをしばらく見つめ、うつむいた。

やっぱり怪我をしてるんだ。

「みんなに同情してもらうためじゃないんだ。楠瀬さんは、今楽しいか？」

切実な声でいうと、楠瀬は顔を上げる。

「この一ヵ月、おれは楽しむことを忘れていた。楠瀬さんも隠しごとをしてるせいで、ずっと苦しんでるように見えた。でも正直になれば、伸び伸びとやれて、オーディションを楽しめる気がするんだ。楽しむことが、なによりも大事だと思うんだよ」

怪我の事実は変わらないけど、真実をいったほうが晴れやかな気持ちでやれる。ダンスの動きも大きくなるかもしれない。

「……真実をいって、受け入れてもらえなかったら？」

楠瀬の瞳には迷いがあった。

体調管理ができてないダメな子だと思われるってことか？

ただ、おれは断言できる。たとえ今回のオーディションで落ちたとしても。

「それでも、いつか結果が出る。おれが保証する」

こんなに努力家で、真面目で、明るいんだ。必ずデビューできる。少なくともおれの目にはそう映っている。おれの勘は当たるんだ。

おれと花史は楽屋を出た。

楠瀬がどっちを選ぶかはわからない。

だが、どんな答えを出したとしても、おれたちは味方だ。


七番目の出場者が歌い終わり、千人の観客が大きな拍手をする。

ステージ下手にいる滝がコメントを始める。

太陽アリーナでは、最後のオーディションが行われていた。

おれと花史は千人の観客の最後列にいる。このオーディションはスパークＴＶで生配信されていた。

さっき真奏からＬＩＮＥが入った。別の収録が押しているために、放送中にはこられないそうだ。もう夕方のためあたりは暗くなりはじめている。

滝のコメントが終わり、出場者がステージ上手に向かう。すでに歌い終わっている六人の出場者が立って迎える。今日は歌い終わった出場者がステージ上手の席に座って観覧するスタイル。

このあとは、いよいよラストの楠瀬だ。七人の出場者の前で歌わないといけない。

「なあ、花史。なにもしないでいいのかよ？」

おれは隣に立っている花史に訊く。

蘇我の不正を止めるために花史がなにかをすると思っていたけど、オーディション開始から今まで、ここから一歩も動かなかった。さすがに心配になってきた。

花史はきょとんとする。

「なにがですか？」

「楠瀬さんが怪我のことを打ち明けても、蘇我さんに票数を操作されたらどうしようもないだろ？」

すると、花史は意外なことをいった。

「楠瀬さんは怪我をしていません」

「……え？　怪我をしてるからテープも持ってたし、ダンスの動きも小さかったんだろ？」

「楠瀬さんがこの舞台で怪我のことを打ち明けたら、それなりに同情されるでしょう。ですが――これでは数字が取れません。この告白はもっとドラマチックであるべきです」
楠瀬が怪我をしてない？　じゃあ、なにを隠してるんだ？
そのとき、楠瀬がステージに現れた。
ほかの出場者たちが立って拍手する。会場からも大きな拍手が起こった。
しかしすぐに拍手が鳴りやみ、ざわめきへと変わった。
会場の観客たちは明らかに戸惑っているようだった。
ほかの出場者も戸惑っていたし、おれも戸惑った。
なぜなら、別人だと思ったからだ。それくらい、今までの楠瀬の姿とは違っていた。
「楠瀬夢依です。よろしくお願いします」
顔も声も楠瀬だ。さっきおれが渡した白いスニーカーも履いている。
間違いなく楠瀬なのに、

身長がいつもより低かった。

おれが知っている楠瀬は身長が百七十センチ以上はあった。けど今は百五十センチくらいだ。ほかの出場者たちより頭一つ分ほど低い。だから別人に見えたんだ。
「歌う前に、皆さんに告白したいことがあります」

マイクを持った楠瀬がいった。

その声と手は緊張で震えていた。

「わたし……ほんとは背が小さいんです。皆さんを騙《だま》してすいませんでした」

頭を深く下げる。

会場から音が消えた。

おれは唖然としながら花史に訊いた。

「なんで、今までは大きかったんだ?」

「シークレットブーツです」

花史はいった。

外から見ると普通の靴だけど、実は中のかかと部分が厚く、身長を何センチも高く見せられる靴だ。それをずっと履いていたのか。

花史は続ける。

「初めにおかしいと思ったのは、楠瀬さんが自宅取材を断ったときです。真面目でやる気もある彼女が、当日にNGを出すのは不自然です。おそらく、自宅で靴を脱ぐと身長がばれてしまうと気づいたからです」

……そうか。だから急いで自撮りの映像にしたんだ。

「あの店でネックレスを買ったのも不思議でした。テレビを理解している楠瀬さんなら、服に合うスニーカーを選ぶはずです。そのほうが変わり映えして番組がおもしろくなるからです」

あのとき楠瀬は着ていた服に合ってないネックレスを買った。

「焼き肉店でお座敷を嫌がったのも違和感がありました。普段の楠瀬さんならスタッフに気を遣ってそのまま座るはずです。それもこれも、ブーツを脱ぎたくなかったからです」

そういうことかよ。

おれが呆然としていると、ようやく楠瀬が下げていた頭を上げた。

そして静かに話しはじめる。

「初めてシークレットブーツを履いたのは、地下アイドルグループに入ったばかりのころでした。事務所の人に『背が低い子がいるとグループがかっこ悪くなる』といわれ、履くように勧められたんです。ファンの方たちに嘘をつくようで嫌だったけど、ほかのメンバーたちにも頼まれて履きました。みんな売れたくて必死だったんだと思います」

事務所やメンバーにいわれて、いうとおりにするしかなかったんだ。

「それからグループが解散し、このオーディションのことを知りました。〝世界に通用するガールズグループをつくる〟というコンセプトを知ったとき、TWINKLEのメンバーみたいに背が高くないと合格できないと思いました。前みたいに、そのままの自分では受け入れられないと思ったんです」

楠瀬はうつむいた。

「持っていたシークレットブーツを履いてもTWINKLEのメンバーより背が低いので、かかとに中敷きも足しました。わたしの身長は百五十二センチから百七十二センチになりました。足をひねらないように足首をテーピングで固め、つま先立ちでも踊れるようにダンスの練習をしました」

二十センチのハイヒールを履いているのと同じだから、思い切り踊れるわけがない。けど、そうでもしないと受け入れられないと思ったのか。服装をパンキッシュにしていたのも、あのブーツに合わせるためだったんだ。

「頑張った甲斐《かい》もあって本選に出場できました。でもオーディションが進むにつれ、嘘をついている罪悪感に押しつぶされそうになりました。デビューもしたいし、よくわからなくなって……第一次審査を突破したときもあまり嬉しくなかったんです。滝さんにも『君らしさが見えない』といわれて、どうしていいかわからないでいました。そんなとき、ある人がいってくれたんです」

楠瀬がおれを見つめた。遠くからだけどわかる。たしかに最後列のおれを見ている。

「『その明るい笑顔も見せてみたら？』って」

そういって太陽みたいな笑顔を見せた。

「わたしはそのひと言に救われた。もしかしたら、初めて自分を肯定できたかもしれません。その人はわたしに、わたしらしさを教えてくれました。わたしのダメなところも叱《しか》ってくれました。わたしを本気で応援してくれているのに、わたしは嘘をついている。そう思うと、申し訳なくて涙が出ました」

だから焼き肉店で泣いてたのか？　あれは応援するために叱ったんじゃない。おれはそんないいやつじゃねえよ。どこまで人がいいんだよ？

「その人は、楽しむことがなによりも大事だとも教えてくれました。こんなに親切にしてくれる大人の人と会ったことがなかったから、世界が急に優しく見えました」

おれの視界が涙でぼやける。

こんなクソ野郎をまっすぐに信じていたとんでもなく透明な楠瀬の存在が、おれの胸をじんわりと熱くさせた。

「だから、その人のためにも楽しみます。わたしは、歌って踊るのが好きだからアイドルになりたかった。今日は自分が楽しむために歌います！」

曲がかかり、楠瀬のステージが始まった。

全力で踊った彼女のダンスはすごかった。これまでと比べると二倍速くらいで動いているようで、男のダンスのように力強く、凄まじい迫力に圧倒された。

体は小さいのにほかの出場者たちより大きく見えた。それほど伸び伸びとしていた。

さらに、意外にも一番大きな違いが見えたのは歌だった。声量が比べ物にならないほど大きくなっている。迷いがなくなったから歌声にもいい変化が現れたんだ。

ただ……まだ最大の問題が解決されていない。

おれは花史にいった。

「たしかにすごいステージになった。それでも、蘇我さんが投票数を変えたらどうしようもねえぞ」

「変えさせなければいいんです」

……どういうことだ？

曲が終わり大きな拍手が起こった。楠瀬のステージが終わった。

「ありがとうございました！」

楠瀬が吹っ切れたような笑顔でお辞儀する。

「……ありがとう」

滝の声で会場が静まった。

「君は、ぼくにもお客さんたちにも嘘をついていた。それはよくないことだ」

滝が厳しい表情をする。

「はい、すみませんでした」

楠瀬は神妙な顔で頭を下げる。

「だが、選考基準に身長など関係ない。その点について嘘をつこうがつくまいが、審査には関係ない」

滝の言葉に、楠瀬は目を丸くする。会場もザワついた。

花史がいった。

「滝さんはＴＷＩＮＫＬＥのオーディションでも脱落した出場者を引き戻したことがあります。その理由は、出場者が最も誠実に課題に取り組んだからです」

おれは滝のいっていた「課題」を思い出した。

「君はぼくが出した『自分をさらけ出してほしい』という課題に誠実に取り組んだ。ここまで潔く課題に向き合った出場者は君しかいない」

滝は頰をゆるませた。

「投票結果がどうなろうと、ぼくは絶対に君を残す」

千人の観客が沸き上がった。

ほんとに、楠瀬の勝ち残りが決定しちまった——。

大歓声の中、花史にいった。

「初めからこれを狙《ねら》ってたのか？」

「このオーディションで誕生するガールズグループのプロデューサーは滝さんです。『ボスに好かれろ』。これは勝つための鉄則です」

楠瀬の告白は、結果的にパフォーマンスの価値を上げる演出になった。しかも、シークレットブーツを脱いで自分をさらけ出すステージは、滝に出された課題に向き合うことにもつながっていた。

花史は真奏以上の演出をやってのけた。やっぱりおれの相棒はやばすぎるぜ。

滝が楠瀬を残すといったため、蘇我は票操作をする意味がなくなり、楠瀬が一位でグループのメンバーに選ばれた。さらに滝の希望で、メンバーは一人も落ちずに八人全員でデビューすることになった。

最後に滝が、彼女たちのグループ名「ＭＥ《メ》ＧＵ《グ》ーＭＵ《ム》」を発表して番組は終わった。

番組終了後、おれと花史は蘇我と顔を合わせた。

おれたちはスパークＴＶのレギュラー番組の話を断った。このことは花史と二人で相談して決めた。

「なんでですか？」と訊かれたから「考えかたの相違です」とだけ答えた。

蘇我は自分の目的のためなら周りのスタッフにも無理をいうし不正もしようとする。おれたちとは考えかたが違いすぎる。

「わかりました。残念ですけど」

蘇我は気にしてないように軽くいった。最後までドライだ。

「あと、花史は慣れてない人と話せないんです。最後にお伝えしときたくて」

これも花史と相談して「これからは正直でいよう」と決めたから伝えることにした。

ところが、蘇我は不思議そうな顔をした。

「西さんから聞いてました。優秀だと聞いてたから期待してたんですけど、一度も筆談してくれなかったですね」

そういって残念そうにため息をつく。

筆談を知っていた？　その上で意見をほしがってたのか？

「筆談のやりとりは、会議が遅くなるから嫌じゃないんですか？」

蘇我は眉を寄せた。

おれは蘇我としばらく話した、
バカなおれは、いつもこうやって大切なことを見落とすんだ。


「おつかれさまでした」

真奏の声で、おれたち三人はコップを合わせた。

「軽い打ち上げだね」と楽しげにいう真奏に、「ああ」とおれも笑みを返す。

おれと真奏はビール、花史はオレンジジュースだ。

「芽ぐむプロジェクト」の生放送が終わったあと真奏から連絡がきたため、西麻布のラーメン屋台に誘った。

「いい雰囲気の屋台ね。よくくるの？」

カウンター席に座っている真奏が嬉しそうに屋台を見渡す。育ちのよさそうな真奏とボロい屋台がどうもミスマッチだ。

「週二は来てる」

おれはいう。

「いい雰囲気かあ。可愛い子にいわれたら嬉しいねえ。了ちゃんの彼女かい？」

おやっさんがいった。

「仲間です。彼女になるかもしれないけど」

真奏がはずんだ声で返す。

「いいね、楽しそうで」

「楽しいですよ」

そういってはしゃぐ真奏を、まっすぐ見つめた。

「真奏」とおれがいうと、少し驚いた顔をする。

「初めてちゃんと名前を呼んでくれたね」

「なんで嘘ついた？」

その表情が固まった。

「どうして、花史に筆談させないようにした？」

真奏は頰をゆるめて、

「……蘇我さんに聞いたんだ？」

動揺している様子はない。ばれてもいいと思ってたんだ。

「作家をクビにしたことは一度もないってよ。岩波さんとは前からそりが合わなかったみたいだけど」

「聞いたのはそれだけ？」

「真奏は不正も知ってたって」

深刻にいうおれとは対照的に、真奏は他人事《ひとごと》みたいに軽く笑った。

「口が軽いなあ。わたしは関わってないことになってたのに」

「秘密を抱えるのはキツいんだよ。誰かに話したくなるんだ」

真奏は頰杖《ほおづえ》をついておれを見る。青く光るショートカットがゆれた。

「わたしを責めるために呼んだの？」

「嘘をついた理由を知りたかった。しかたない事情があったんだろ？」

真奏はでかい目をもっと開いて意外そうな顔をする。

「ほんと単細胞ね。見た目はヤンキーなのに、真面目かって感じ」

そして興味深そうにおれを見たあと、急に顔を近づけてきた。

「なんで嘘をついたかって？　君たちが邪魔だから」

笑顔だけど目が笑ってない。

その瞳の奥は真っ赤な炎が燃えていた。綺麗な炎じゃない。どす黒くにごった炎だ。よくわからねえけど、執念のようなものを感じた。目的のためならどんなことでもする覚悟のようなものが見えた。

緊張で寒くなる。今までの真奏とのギャップもあったから、よけいに怖かった。

「君たちの噂《うわさ》は聞いていた。熱い単細胞と人見知りな天才肌。だったら、単細胞を使って天才肌をおさえ込めばいい。若い作家が目立つと、わたしの存在がぼやけるのよ」

その可能性も頭にはあった。けど実際に言葉にされると、思った以上にショックを受けている自分がいた。

「真奏はすごいだろ。正々堂々と戦えばいいじゃねえかよ？」

ガキ臭いことをいってる。でもこれが本心だ。恥ずかしくはない。

あきれるようにため息をつかれた。

「どんな手を使っても勝てばいいの。『芽ぐむプロジェクト』もそうよ。デビューしても売れなかったら彼女たちは解散するしかないのよ？」

大手事務所にバックアップされるのはでかい。大人の世界ではそれが正論かもしれない。ただ、

「そんなやりかた、楠瀬みたいな子が可哀想だろ？」

楠瀬は無所属だったことだけを理由に落とされそうになった。なにも持ってないやつは勝てないなんてあまりにも理不尽だ。

「もっと可哀想になる。君たちのせいでね」

「どういうことだよ？」

「楠瀬さんには才能がない。だからもっと苦しむことになる」

「スタートが地下アイドルだっただけだろ？」

所属していた事務所がなにも教えてくれなかったり、シークレットブーツを履かされたりしたから苦労してきた。運が悪かっただけだ。

「それが才能がないってことなの。アイドルは自己演出できる賢さがないとのし上がれない。最初に地下アイドルを選んだ時点で向いていないのよ」

才能がある子は芸能界で幅をきかせられる大手の事務所を選ぶ——それくらい強《したた》かじゃないと生き残れないってことか。

「わたしは彼女の成長や可能性まで見据えて蘇我さんの計画を黙認した。今日はあの告白

があったから勝てただけよ。君たちも同じ。自己演出の下手な人はこの業界に向いてない。楠瀬さんも君たちも、のし上がれない」

「頑張ればできないことはねえよ」

楠瀬を否定したくない。自分たちのこともだ。

「その頑張りを強いることが、なにも持ってない人間にとってどれだけ残酷なことか、君たちはなにもわかってない。最初から持ってる人間には勝てないの」

「自分が持ってる人間だからそう思うのか？」

ピアノをやって育ちもよさそうで、芸大に入れる頭も放送作家の才能もある。だからこそ、なにも持ってないやつらと自分たちの差を冷静に分析できるのだろう。

だけど、おれや楠瀬みたいに、なにも持ってないやつらにも泥臭い意地がある。

「無駄なものは無駄なの」

「熱さも愛もねえんだな」

「そういうのは仕事の邪魔よ」

冷たい表情で見つめられる。

なんでだよ？

なにも持ってないやつは、持ってるやつよりハンデがあるんだ。もっと優しくしてやったっていいだろ？　才能とか、向いてる向いてないだけで未来を決めるなんて、あまりにも可哀想だろ？　応援してやったっていいだろ？

「あ……が……ります」

花史の声がした。

顔を見ると、あの恐ろしい笑みを浮かべていた。

青島志童を語ったときの笑顔だ。

真奏とは真逆で、目の奥からは少しの熱も感じない。

凍《こご》えそうな冷たい瞳をしている。

「絶対に……のし上がり……ます。そ……して……」

花史はスケッチブックに文字を書いて、真奏に見せた。


『あなたを殺します』


花史は満面の笑みを浮かべていた。

姿を見せず、責任も負わず、他人の痛みも想像せずに好き勝手をする。

そんな自分の父親の姿と、真奏の姿が重なったんだ。

真奏と花史がおれを挟んで見つめ合う。

おれはビビって動けない。二人とも小さいのに、この迫力はなんなんだよ？

真奏がニコッと笑った。

「打ち上げの雰囲気じゃなくなっちゃったね」

とバッグから財布を出したため、

「いいよ。この前はおごってもらったし」

おれは慌てていった。

真奏は「そう」と立ち上がる。

「まあ、頑張ってみたら。今にわかるから」

「……ああ。頑張るよ」

「ごちそうさま」

微笑みながらそういって、真奏は帰った。

おれは見事に真奏に騙された。真奏もこの業界でのし上がりたいんだ。誰かを蹴落《けお》としてまで。

でも不思議だった。

おれにはどうしても、真奏が悪いやつには思えなかったんだ。

＃２「歌姫はつらいよ」

「放送作家ってどんな仕事なんですか？」

よく質問されるのだけど、おれはいまだにひと言では説明できない。

素人のころは「企画を考えたり台本を書いたりする仕事」だと思っていたけれど、実際にやってみるとそうでもなかった。

おれと花史が今までやってきた放送作家の仕事はこんな内容だ。

・企画を考える
・企画書を書く
・リサーチをする
・会議で意見をいう
・台本を書く
・クイズ問題をつくる

・出演者のアンケート用紙をつくる
・出演者に取材やインタビューをする
・収録でカンペを出す
・カメリハで出演者役を演じる
・番組タイトルを考える
・ディレクターの書いたナレーション原稿を直す
・プレビューで意見をいう

これでも一部だ。

プロデューサーやディレクターを助ける仕事だけに、いろいろと頼まれる。若手放送作家は「テレビ業界の何でも屋」ともいえるだろう。

かといって、すべての放送作家がこんな仕事をするわけじゃない。

たとえば、年収一億円を稼ぐ大御所放送作家、韋駄源太。おれが韋駄の弟子集団「韋駄《いだ》天《てん》」にいたころを思い出すと、韋駄がやっていた主な仕事はこれだけだった。

・企画を考える
・会議で意見をいう

・プレビューで意見をいう

おれたち若手とは違って細かい作業はほとんどしないし、労働時間も短い。だけど番組一本当たりのギャラは、おれたちの何倍ももらっている。

立場によって仕事内容もギャラも大きく変わるのが放送作家だ。

とはいえ、若手も大御所も変わらないものもある。

その一つが、「仕事の増やしかた」だ。

バラエティ番組の放送作家は、モデルや俳優のようにオーディションで仕事を勝ち取ることはない。小説家や脚本家のように賞を取ってデビューもしない。

仕事を増やしたいのなら、自分の仕事ぶりを認められるしかないんだ。

一緒に働いたスタッフに認められたら、別の番組にも誘われたり、「先輩が新番組を始めるから作家を探している」などと声をかけられたりする。紹介された先で認められたら、また別の番組に誘ってもらえる。

おれも花史も深夜特番でフリーの演出家の植田に認められ、別のレギュラー番組に誘われた。そこで太陽テレビの西にも認められ、ゴールデンの特番を担当できた。

放送作家は番組制作スタッフに認められて仕事を増やしていく。これは若手作家も大御所作家も同じで、人とのつながりが最も大切なんだ。

そしてこの日、おれと花史はまた新たなつながりを持つことになった。

その相手は、ちょっと意外な人物だった。

「おつかれさん」

六本木にある小洒落《こじゃれ》た和食屋のテーブル席で、おれと花史は太陽テレビの岩波真吾とコップを合わせる。おれと岩波がウーロン茶、花史はオレンジジュースだ。

「おつかれさまです！」

とおれはいい、花史は頭を下げる。

昨晩、岩波から「『芽ぐむプロジェクト』の打ち上げがてら飯を食おう」と誘われた。

だが不気味だった。おれは蘇我と共に不正を企てたと思われているから印象は悪いはずだ。なんで誘ってきたんだ？

まさか、不正があったことをたしかめたいのか？

ビクビクしながらウーロン茶を飲んでいると、岩波がおもむろにいった。

「大城と乙木は、『ミッドナイトソングス』を知ってるか？」

「ええ、深夜の音楽番組っすよね？」

最近は勉強のために名の知れた音楽番組をチェックしている。

花史がスケッチブックに文字を書きはじめた。

『毎週五組のアーティストがスタジオで歌唱。人気曲ランキングや密着ドキュメントなどのVTR企画も流される一時間番組です。番組構成がMスタと似ているため「深夜のMスタ」とも呼ばれています』

「ああ、詳しいな」

岩波が微笑む。ちなみに花史が極度の人見知りなことはさっき話した。

ふと思い出したおれは、バッグから週刊誌を取ってページをめくった。

「さっき買ったんすけど、今度、綾瀬摩耶《あやせまや》が出るんすよね?」

そこにはカフェのテラス席でタバコを吸う綾瀬摩耶と、若手イケメン俳優の写真が掲載されていた。

綾瀬摩耶は、ラブストーリーを中心に主演を張り続けている四十代のトップ女優だ。おれがこどものころから「ラブストーリーの女王」と呼ばれてきた。

彼女の母親は今は亡き昭和の大女優、原絹代《はらきぬよ》。綾瀬も十代のころから女優として活躍し、天才と呼ばれてきた。

若いころから多くの男性と熱愛を噂され、二十代半《なか》ばで一般男性と結婚。一時は休業し海外に滞在するが、帰国後に共演俳優との不倫写真を週刊誌に撮られて離婚。その後も多くの共演者と交際してきたため「共演者キラー」とも呼ばれている。

今は主演ドラマで共演しているこの二十代の俳優と付き合っているようだ。ミステリアスで色っぽい役柄が多いが、素顔もそんなイメージがある。

綾瀬は若いころから歌手としても活動してきたが、この十年は女優に専念していた。しかし今回、自身の主演するドラマの主題歌を担当し、十年ぶりに歌番組に出演するため話題になっていた。その番組が「ミッドナイトソングス」だった。

「あの番組、どう思う？」と岩波に訊かれる。

「どう……とは？」おれは訊き返した。

「こうしたらもっとおもしろくなる、とかはあるか？」

なんでそんなことを訊くのかわからなかったが、素直に答えてみた。

「アーティストがお気に入りのグルメ店を紹介するロケ企画ですけど、出演者はアーティスト一人だけで、最初に店の特徴を話しますよね？」

「ああ、店にいく前に期待感を煽《あお》るトークな」

「先週だと『バーと一体化した寿司屋《すしや》』、『予約半年待ち』、『熟成トロ』の三つでしたけど、フリップで紹介したほうがわかりやすいかと。あと、アーティスト一人でいくのではなく、コーナーMCの芸人もいたほうが盛り上がると思います」

岩波は感心するようにうなずいたあと、花史を見つめた。

「乙木は？」

『了くんと同じです！』

花史は嬉しそうにスケッチブックを見せた。

「なるほど。参考になるよ」

岩波は真剣な顔でいった。というか……ちょっと不機嫌そうだ。

「はい？」

「ミッドナイトの演出、おれなんだ」

「……ええっ⁉」

おれはのけぞった。

スタッフの名前まで確認してなかった。やばいぞ。ただでさえ嫌われてるのに、こんなに好き勝手にダメだしをしたらブチギレられるかもしれねえ。

だが、岩波はおだやかに笑った。

「大城の意見は合ってるよ。ただ、アーティストはイメージを大切にする。タレントっぽく見えるのを嫌がる出演者もいるから、あえてそういうことはしてないんだ」

「そうなんすか……」

フリップを使ったり芸人を絡ませたりしたらタレントっぽく見える。けど一人なら、カッコいいドキュメント企画っぽく見せられる。

西が「音楽番組はバラエティとは少し違う」といってたけど、こういうことか。アーティストのイメージを守りながら番組をつくるのもなかなか大変そうだ。

そんなことを考えていると、岩波がいった。

「二人とも、『ミッドナイトソングス』の作家をやらないか？」

思いもよらない言葉に驚く。

なんで誘われるんだ？　花史はまだしも、おれは嫌われているはずだ。

「なんで、おれたちなんすか？」

岩波は椅子に背中を預けた。

「『芽ぐむプロジェクト』の本番後、舞台袖で楠瀬にお礼をいわれてたろ。たまたま近くにいて会話が聞こえたんだ」

あの本番が終わったあと、おれと花史は舞台袖にいって楠瀬と顔を合わせた。そのとき楠瀬に、「背中を押してくれてありがとうございました」といわれた。

おれと花史は楠瀬と連絡先を交換して、「困ったことがあったらいつでも連絡してほしい」といっておいた。

「それで察しはついた。大城はしかたなく蘇我くんに従ってたんだろ。でも最後は楠瀬を応援した。真面目な西がいい加減な作家を推薦するわけないし、大城はロケの日もげっそりしてたもんな」

岩波は屈託のない笑顔を見せた。

あのロケはマジでキツかった。ただ、どうしていいかわからなかったとはいえ、一時的に蘇我についたことはたしかだ。

「……すいません」

「詳しくは訊かねぇよ」

おれと花史は不正のことを話せない。岩波もそれをわかっている。

「園原一二三は真面目に働いていたし、番組への愛と情熱もあった。さっきの意見で分析力もあるとわかった。だから誘った」

「あざっす」

おれと花史は軽くお辞儀した。

「花史、どうする？」

と確認すると、花史は笑顔でうなずいた。

岩波に嫌われてなかったということは、Mスタのスタッフにも嫌われてないってことか？ まだMスタに入れるチャンスはあるんだ。

「ミッドナイトソングス」を担当すれば、音楽番組のノウハウを学べる。これ以上ないほど嬉しい誘いだ。

テンションの上がったおれはでかい声でいった。

「全力で頑張るので、よろしくお願いします！」

「ああ、こっちこそよろしくな」と岩波は顔をほころばせる。

「ミッドナイトの作家は一人しかいないんだ。そいつの抱えてるいくつかの仕事をやってほしい」

作家はたった一人？　一時間番組でいろんなＶＴＲ企画もあるから三、四人いると思っていた。そうとう仕事ができる作家なんだろうな。

感心していると、店員の「いらっしゃいませー」という声が聞こえた。

「その作家がきた。おい、ここだ」

岩波がおれたちの背後を見ながら手を挙げる。

振り返ると、真奏が立っていた。

真奏は一瞬だけ真顔になるが、すぐににこっと微笑んだ。そしておれたちのいるテーブル席にやってきて、

「了くん、花史くん、おつかれさま」

笑顔で高い声を出す。ラーメン屋台での出来事が嘘だったかのように愛想がいい。

真奏はこの業界でのし上がりたい。岩波に悪い印象を与えたくないから、おれたちと対立してるとは思わせたくないんだ。

「了くんたちもいるなら先にいってくださいよ。一緒にきたのに」

「仲いいのか？」

岩波が真奏とおれに訊く。おれは固まるが、

「いいですよ。ね？」

真奏は甘えたような声でおれに同意を求めた。

これも計算だな。おれが冷たくできないと思いやがって——

できねえけど。

「あ、ああ」

しかし、この前のラーメン屋台とはぜんぜん態度が違う。岩波がいないときはあんなに冷たかったのに。これがツンデレの逆、デレツンか。やられてみるとかなり悲しいな。

真奏は岩波の隣に座り、おれと花史と向き合う形になった。

花史もこの前の出来事がなかったかのように微笑んでいる。

あのとき花史は真奏に『あなたを殺します』と伝えた。

本当に殺す気はないだろう。ただ、何らかの方法で追い詰めようとするかもしれない。

以前も花史は大河内をネットバッシングする連中を、自分の考えた企画で社会的に抹殺しようとした。きっとおれが止めなかったらやっていた。父親と似たようなことをする人間には容赦がない。もう立ち直れないほど叩きつぶしてもいいと思っている。

花史の中には、天使と悪魔がいる。放っておいたらなにかしかねない。真奏に妙なことをしないように目を光らせないとな。

店員が注文を訊きにやってきて、真奏はウーロン茶を頼む。

「真奏の負担を減らすために、大城たちにミッドナイトに入ってもらうことにした。スタジオ構成は今までどおり真奏に、ＶＴＲ企画は大城たちに任せたいんだが、どう思う？」

岩波は真奏の仕事に不満があるわけじゃなく、純粋に負担を減らしたいんだろう。こうやって真奏に許可を求めるのも仕事ぶりを認めてるからだ。

若い作家を目立たせたくない真奏は、おれたちを入れたくないはずだ。でも、答えることは予想できる。

「ほんとですか⁉　二人とも優秀ですし、わたしも助かります！」

想像どおりのリアクションだ。

ここで「わたしだけで十分です」なんていったら協調性がないと思われる。真奏は扱いづらい作家だと思われることはしない。プロだな。

うなずいた岩波は、おれと花史に顔を向けた。

「早速だが、大城たちにすぐに取り掛かってほしい仕事が二つあるんだ」

「はい」

おれと花史はメモの用意をする。

「一つは〝キャプション〟だ」

「キャプション？」

聞き慣れない言葉だ。

「音楽番組の人気曲ランキングは観たことあるよな？」

「あ、はい。『夏うたBEST100』とか『元気ソングBEST100』とかっすよね？」

視聴者からリクエストを募《つの》り、アーティストの歌唱映像をランキング形式で流すVTR企画。音楽番組ではお馴染みだ。

「あの歌唱映像に二行のテロップが入ってるだろ？」

おれは記憶を探る。右側に縦に入っているテロップか。

「なんかのドラマ主題歌とか、何百万枚のヒット曲とか書かれてるやつすか？」

誰が作詞作曲したとか、制作秘話とかも書かれている気がする。

「うん、あれがキャプションだ。ミッドナイトは月一で人気曲ランキングを放送している。二週間後のスタジオ収録で流すVTRから担当してほしい」

二週間後ってことは、締め切りは一週間〜十日後ってところか。

「今回はどんなランキングなんすか？」

「『ラブソングBEST20』だ。一行目にはへぇと思える情報を、二行目には歌詞の内容を書いてくれ。一行につき二十五文字以内だ」

一行目はあまり知られていない記録や制作秘話みたいなことか。

二行目は歌詞。内容ってことは、

「歌詞を解釈するってことすか？」

岩波が「そうだ」とうなずく。

「akikoの『クワガタ』は『恋する自分をクワガタにたとえた曲』。風神《ふうじん》の『トゥルー・ラブ』は『恋人に五十年先も愛することを誓う曲』、福原雅弘《ふくはらまさひろ》の『家族になりましょう』は『恋人へのプロポーズを描いた曲』。ラブソングは歌詞を説明することで視聴者の心を摑《つか》める」

そんなキャプションが書かれていたら曲を聴く気になるし、曲への理解が深まってグッときそうだ。だけど、

「解釈して短くまとめるって難しそうですね」

「ああ。おれは一曲に一時間かかったこともある」

「マジっすか⁉」

「けど、真奏はもっと早くて……一曲五分だっけ？」

「ご、五分⁉」

「慣れたらみんな早くなります」

真奏がはにかむ。いや、そんなに早くなれねえだろ。

おれだと合計どれくらいかかるんだ？

一曲の情報を調べるのに三十分、歌詞の読み取りに一時間だと一曲一時間半だろ。二十曲だと……三十時間か。一日八時間やっても四日はかかる。

真奏は毎週スタジオ台本とVTR台本も書いてたんだよな。おれなら絶対に一人じゃできねえぞ。なんでおれの周りにはこんなバケモンばっかいるんだ？

「最初は慣れなくて苦労するだろうが、頑張ってくれ」

「了解っす」

花史も大きくうなずく。

まあ、花史と二人でやるんだから、なんとかなるはずだ。

「もう一つの仕事は、アーティストの密着ドキュメントだ。ディレクターと台本をつくったり、リサーチをしたり、ロケに同行したりしてほしいんだ」

ふと疑問に思った。

「ドキュメントにも台本があるんすか？」

「多くのドキュメント企画には台本がある。撮りたいものに狙いをつけないと取材対象者の魅力は引き出せないからな。想定と違う内容になることもあるけど」

視聴者に観せたい映像を狙って撮影に臨まないと作業効率も悪くなるし、つまらない映像になるってことか。あくまで制作サイド用の想定台本で、出演者に演技してもらうわけじゃないからヤラセとは違うな。

「次に密着するアーティストは、愛宕《あたご》瞳《ひとみ》だ。二週間後のスタジオ収録で曲も歌ってもらう」

「『Y』を歌ってる子ですよね」

すぐに顔が浮かんだ。愛宕瞳には詳しくないけど、あの曲は有名だ。最近はどこにいっても「Y」がかかっている。

花史はスケッチブックに文字を書いた。

『愛宕瞳は、一年前にデビューした十八歳の女性シンガーソングライターです。切ない歌詞が若い女性たちに共感され、「令和の歌姫」や「令和のラブソング女王」と呼ばれています。テレビには一度も出ていませんが、「Y」はストリーミング再生三億回を記録しています』

「三億回だと⁉」

のけぞるおれを見て、真奏が笑う。

「YouTubeで公開されているPVもすべて一千万回再生を超えてて、インスタのフォロワーは百万人超え。今、若い世代に最も支持されている歌手よ」

十八歳ってことは花史と同い年だ。高校を卒業したばっかなのにそこまで世の中に影響を与えてるのか。

岩波が口を開く。

「『ラブソングBEST20』でも『Y』は十一位にランクインしている。Mスタのオファーをずっと断られていたんだが、ミッドナイトなら出てもいいといわれてな。せっかくだから密着企画も頼んだんだ」

テレビ初登場か。普通のアーティストならMスタを選ぶはずだけど、ミッドナイトが好きなのかな。とにかくミッドナイトの制作側としては若い視聴者を取り込めるチャンスだ。当然、密着企画もやりたいだろう。

おれは頭を整理する。

「二週間後に愛宕瞳のいるスタジオで『ラブソングBEST20』のVTRを流す。密着企画もそのときに流すんすか？」

「いや、愛宕の密着企画のオンエア日は未定なんだ。ざっくりとした台本はできてるんだがな」

岩波が難しい顔をする。

「放送日が決まってない？　撮影許可はとれてるんすよね？」

「ああ。だから、大城たちにどうにかしてほしい」

どうにか？　台本はもうできてるんだよな？　なにをどうするんだ？

意味がわからないでいると、岩波のスマホに短い着信音が鳴った。

「またか」と岩波はうんざりした顔でスマホの画面を見る。

「いつものですか？」真奏も憂鬱そうな顔をした。

「ああ」

「わたしがいきましょうか？」

二人ともやけにテンションが低い。お通夜の相談みたいだ。

なんの話だ？

「大城と乙木、これから時間あるか？」

おれは戸惑いつつ「はい」と答え、花史もうなずいた。


「お待たせしました。キャラメルフラペチーノです」

笑顔の岩波が金髪のスラッとした女の子に飲み物を渡す。スタバにはこのレコーディングスタジオにくる途中に寄った。

「ご苦労、岩波。もう帰っていいわよ」

レコーディングスタジオの副調整室に置かれたソファに、愛宕瞳が足を組んで座っていた。

服装は黒いジャージとショートパンツのセットアップ。白いキャップからは金髪のロングヘアーと横一直線に揃った前髪が出ている。

小顔と猫っぽいつり目が印象的で、生で見ると芸能人オーラがすげえ。このオーラは……自信だ。まだ十八歳なのに体中から溢れてやがる。

副調整室にはレコーディング・エンジニアの女性スタッフもいた。瞳は一週間前からここでレコーディングをしているそうだ。

「すぐに帰るわけにもいかないんですよ。今日もちょっとだけカメラ回しますね」

苦笑いの岩波がリュックからハンディカメラを出して瞳に向ける。

副調整室の入り口近くにいたおれは、隣に立っていた真奏に小声で訊いた。

「岩波さん、パシリにされてんのか？」

真奏は奥にいる瞳と岩波を見つめながらうなずいた。

「この一週間ずっとね。わたしもだけど」

そういってため息をつく。

「レコーディングはどれくらい進みました？」

岩波が明るく瞳に質問する。しかし、

「神のみぞ知る」

瞳はソファで足を伸ばし文庫サイズの本を読んでいる。表紙のタイトルは、『地下室の手記』。著者はドストエフスキー……小説か？

「アルバムのテーマは？」

「中だるみ」

「楽曲制作は曲先？　詞先？」

「ゴーストライターに頼んでる」

瞳は岩波を見ない。

必死な四十八歳と冷めた十八歳。なんだか胸が痛くなった。

「なんだありゃあ……岩波さんが気の毒すぎるぞ」

「そうね」と真奏も憐れむように眉を下げる。

「なんでこんなことになってんだ？」

「彼女はたしかに密着をOKした。ここでレコーディングしている日はいつでも撮影していいことにもなってる。ただし、わたしたちにワガママをいう、質問にはまともに答えない、わたしたちがくると作業を中断する――ようは、『適当に撮って編集して』ってスタンスなの」

撮れた映像に適当にナレーションつけて流せってことか？

「でもよ、そんなことしたら……」

おれの言葉に、真奏はうなずいた。

「おもしろい映像にはならない」

おれたちテレビに携わる人間は、「おもしろい番組」をつくりたい。

おれと花史はもちろん、植田も西も岩波も、韋駄や真奏だって同じだ。初めからつまらない番組をつくろうとするやつは、おれの知っている限りは一人も見たことがない。

「岩波さんは、君たちを彼女にぶつけるつもりよ」

瞳を掘り下げないとおもしろい映像にはならない。まずは心を開かせることが必要ってことか。

岩波に呼ばれ、おれと花史は瞳の前まで歩いていった。

「愛宕さん、新しく入った作家の大城と乙木です」

「大城了です。よろしくお願いします！」

おれは頭を下げる。

「新しいお手伝いさんか。よろしく」

ちらっと目を向けたあと、また小説を読みはじめる。

「お手伝いじゃなくて放送作家です」

おれがいうと、瞳が顔を上げた。

「あと、挨拶はちゃんとしましょう。相手に失礼ですから！」

「へぇ」と瞳は驚いたように頬をあげた。

『乙木花史です。よろしくお願いします』

花史がスケッチブックを見せると、瞳は不可解な顔をする。

「おれの相棒は、慣れてない人の前だと声が出ないんです」

本を閉じてこっちに体を向けた。どうやらおれたちに興味を持ったようだ。

「熱血ヤンキーに人見知りか。おもしろい組み合わせね」

瞳は無邪気な笑みを浮かべた。

心を開かない令和の歌姫か。相手にとって不足はねえ。

初めてのレギュラー音楽番組だ。

この密着企画、必ず成功させてやるぜ！


翌日から、おれと花史は瞳のいるレコーディングスタジオで仕事をした。

あのあと岩波からハンディカメラを渡され、「チャンスがあれば撮ってほしいが、まずは愛宕と仲よくなってくれ」といわれた。瞳がおれたちに心を開かなければおもしろいＶＴＲは撮れないからだ。

瞳がいる日はいつレコーディングスタジオにきてもいいといわれている。だったらできる限り張りついて、瞳と仲よくなればいいんだ。ノートパソコン一つあればどこでも仕事ができるのが放送作家のいいところだ。

しかし瞳はおれたちがくるたびにレコーディングの作業を止めて本を読んだ。

瞳は自分の曲をすべて作詞作曲している。岩波によると今回はファーストアルバムのレコーディングだそうだ。すでに音楽ソフトでデモ音源をつくっているため、ここではメロディと歌詞のアレンジと歌入れのみをするはずだという。だが瞳はおれたちにそんな姿を一度も見せなかったし、おれたちがどんな質問をしてもまともに答えてくれなかった。

瞳はおれたちにもワガママをいった。

女性に人気のお菓子やジュースを買ってこい、女性のあいだで話題の映画のDVDを借りてこい、女性が行列をつくるパンケーキをテイクアウトしてこい——曲づくりの参考になるそうだ。同じ理由でおれたちは瞳に好きな女性のタイプを訊かれたり、恋愛エピソードを披露させられたりした。

瞳のそんなワガママは日を追うごとに激しくなった。

ある日、瞳に日本有数の恋愛パワースポットの神社でお守りを買ってこいといわれた。おれたちは片道五時間をかけてそこまでいった。とんでもなく人気があるお守りで、山頂の神社まで歩いて向かうと車の渋滞が延々と続いていた。長いときは二十五キロにもなるという。

また五時間かけて帰ってきたあと瞳にお守りを渡したら、

「ほんとにいってきたの？」

と驚かれた。

「瞳がいけっていったんだろ？」

瞳には密着の初日から「タメ口で話してほしい」といわれていた。初めは断ったが、そっちのほうが瞳も楽だという。

「岩波や真奏はここまでしなかったわよ。ここにもこんなにこなかった」

「あの人たちはおれたちより忙しいんだよ」

おれと花史は二本のレギュラー番組しか担当していないから時間に余裕がある。岩波も真奏もおれたちくらい時間があればもっときていたはずだ。

「もう嫌になったでしょ。やめれば？」

「嫌じゃねえよ。十代の女子がなにに興味があるのか勉強になるし。なあ？」

花史は嬉しそうに何度もうなずいた。流行を知ることも放送作家の仕事だ。

そして、おれたちは「ラブソングBEST20」のキャプションもレコーディングスタジオでつくったのだが、これが予想以上に苦戦した。

おれが二十〜十一位を担当し、花史は十〜一位を担当した。

岩波からは「一行目はなるべく視聴者に知られていない情報を書いてほしい」といわれていたため、まずはこのネットリサーチに時間がかかる。

たとえば、「高校の授業中に作詞作曲した曲」とか、「友人の結婚祝いに制作した曲」などの知られざる秘話をネットで見つけたい。そんな話がなかったらしかたないけど、岩波には「これだけ調べたから絶対にない」と断言したい。あとから岩波が少し調べただけでそんな情報が出てきたら、おれたちの仕事が信用されなくなっちまう。

さらに、もっと苦労したのは二行目の歌詞の解釈だ。

その理由は、おれがバカだからだ。

こどものころから勉強は大嫌いで教科書の文字を見るだけで気分が悪くなっていた。そんなおれが歌詞を読み取ろうとすると高校の古文の授業を思い出して苦しくなり、ゼエゼエと息切れをしちまう。そのため歌詞の解釈は一曲あたり二時間もかかった。

「了くん、大丈夫ですか？」

レコーディングスタジオで歌詞の解釈をしているとき、花史に心配された。

「あ……ああ。だ、大丈夫だ」

もうやりたくねえ。解釈をしたくても頭が働かない。歌詞を見ているだけで吐き気もしてきた。

しかし、おれを心配していた花史も、この歌詞の読み取りはいつになく苦戦しているようで、おれと同じくらいの作業時間をかけていた。

レコーディングスタジオに通いはじめて四日目、おれと花史は太陽テレビの会議室で岩波にキャプションをチェックしてもらうことになった。

会議室に入ったおれは目を見張る。岩波の隣には真奏も座っていたからだ。

「なんで真奏もいんだよ？」

「了くんたちはまだ慣れてないから一応わたしもつくったの。今朝さらっとやっただけだから自信はないけど」

真奏は可愛く笑った。

表向きは優しくいってるけど、おれたちなんて必要ないと岩波にアピールしたいんだろう。あわよくばクビにさせるつもりかもしれねえ。やばい状況だ。

ただ、今朝だと？　おれたちは四日もかけた。しかも二人がかりだ。さすがに負けることはねえよ、ナメすぎだぜ真奏。

花史は相変わらず微笑みながら真奏を見つめていた。

キャプションのプリントアウトされた紙を配り、早速、おれが担当した二十〜十一位までを全員で見ていく。

「まずはglobal《グローバル》からだな」と岩波がいった。

二十位は男女混合三人組バンド、globalの「When I Fall In Love」。

おれは腹から声を出した。

「一行目のキャプションは『PV制作費は一億円』にしました！」

一億なんてすごい額だから驚いた。だが岩波が困ったような顔をする。

「このキャプション、『名バラードBEST20』のときに使っちゃったんだよな」

そこまでマニアックな情報ではないと思ったけど、やっぱりほかのランキングVTRでもう使っていたか。一回オンエアしたものは出しにくいな。

続いて岩波は真奏のキャプションを見た。

「真奏は、『友人の恋愛話をもとに制作した曲』か。へえ、おもしろいな」

そんな話はネットでは見つからなかったため、

「マジか？」

と、つい真奏に確認する。

「レコード会社の人に聞いたんだけど、最近メンバーがそういってたって。事務所に情報確認は必要だけどね」

ネットじゃなくて聞いた話かよ。こんなネタはおれたちじゃ見つけられない。

「一行目は真奏のキャプションにするか。次は二行目の歌詞キャプションだ」

岩波が進行する。

一行目はとられたけど、まだ歌詞キャプションがある。この解釈には二時間もかけたんだからきっと勝てる。

おれは気を取り直して腹から声を出した。

「おれは、『ダンサーの男に恋をした女性の曲』にしました！」

「へえ、そんな曲なのか」

岩波が感心する。

手応《てごた》えありだぜ。歌詞を少し読んだだけじゃわからなかったけど、「踊るあなた」というフレーズがあったからそんな曲だとわかった。

ところが、岩波が紙を見ながら驚いた。

「真奏は、『不倫をして別れを選んだ女性の曲』。本当なのか？」

「これ、不倫の曲だったのか？」

おれも驚いた。歌詞を死ぬほど読み込んだが、そんな曲だとは思わなかった。

「歌詞をよく読むと、男性が結婚指輪を外しているシーンがあるの。歌詞の語り手の女性が、彼との別れを決意する心情描写もあるわ」

岩波とおれは、スマホで歌詞を調べて確認してみる。

「……ほんとだ」

おれは声をもらした。真奏に説明されて初めて理解できた。

「たしかにそうだな。今まで気づかなかったよ」

岩波も感心する。

「不倫の曲はけっこう多いんですよ。EXCITE《エキサイト》の『Amore』、Rainbow《レインボー》True《トゥルー》の『悲しいキスをして』、多岐川《たきがわ》アカリの『あなたの祈りが届くころ』……ヒットしやすいこともあってテーマに選ばれやすいんです」

マニアックな知識すぎてついていけねえ。

さすが「日本一音楽に詳しい作家」だ。こんな知識はほんの一部だろう。まだまだ底が見えない。

結局そのまま、十一位まで真奏のキャプションだけが岩波に採用された。

一方、十〜一位を担当した花史は、一行目のキャプションは真奏と半分ずつ採用された。そして二行目の歌詞キャプションは、ほとんど真奏のものが採用された。

花史なら、真奏と互角とまではいかなくともそれなりに戦えるのではと思っていたのだが、甘かった。それだけ真奏がすごいんだ。

岩波がすべてのキャプションを選び終えたあと、真奏はしばらく花史を見つめていた。

「情報キャプションは十分だが、歌詞キャプションはもう一回頑張ろう。次の会議までにもっといいものができたら採用する」

岩波は帰り際、落ち込んでいるおれの肩をポンと叩き、

「最初から上手くできるわけないだろ。地道に頑張れよ」

といって会議室を出ていった。

花史とテレビ局の廊下を歩いているとき、つい悔しさがもれた。

「くそ、おれだけ採用なしか。どうしても勉強を思い出しちまう」

すると花史がいった。

「了くん、霊媒師になってください」

「霊媒師？　……って霊を降ろすアレか？」

「アレです。歌詞の語り手を降ろせば楽しくなるかもしれません」

勉強じゃなくて、憑依《ひょうい》。歌詞の語り手になったつもりで解釈するってことか。そんなことできるのか？

というか、できるか試してみたい。ちょっとワクワクするぞ。

「それは、おもしろそうだな」

「了くんは人の気持ちがわかるので、この仕事が得意なはずです」

「得意……？　そうなのか？」

「絶対に得意です！」

「マジか⁉」

「はい‼」

花史がこれだけいうってことはおそらく得意なんだ。そういうことにしよう。

沈んでいた気分が一気に晴れたぜ。


花史とレコーディングスタジオの副調整室に戻ると、エンジニアと話をしていた瞳が会話をやめ、

「そんな感じで進めて。わたしは休憩」

とソファに座った。

いつものように本を読みはじめる。今読んでいるのはウラジーミル・ナボコフの『淡い焔《ほのお》』だ。どこの国のどんな人の書いた本なのかまったくわからねえ。

瞳はおれたちがくるとこうして休憩する。取材四日目になってもこのスタンスは変わらない。おれはハンディカメラをまだ一度も起動させていなかった。

ふと、瞳が昨日と同じ服だと気づく。おれたちは今日は初めてここにきたけれど、瞳は昨日から帰ってないんだ。

おれはノートパソコンを開き、十一位にランクインしている瞳の「Y」の歌詞を読み取りはじめる。そして花史にいわれたとおり、歌詞の語り手――ソファの上で足を伸ばしながら本を読んでいる瞳を自分に憑依させる。

わたしは瞳、わたしは瞳、わたしは令和の歌姫、愛宕瞳よ……。

驚いたことに不思議と歌詞に興味を持てて、今までよりも深く解釈できた。

こいつはやべえぞ。効果抜群だ。

瞳の「Y」は「切ないラブソング」だと漠然と解釈していたけれど、深く考察すると「ほかの人ばかりを見ていて自分には振り向いてくれない好きな人がいる。その人を諦《あきら》めたいけどたまにすごく優しくされるから期待してしまう」という、苦しい片思いを描いた曲なのだと理解できた。

これを短く書くのがまた難しいけど、やれるわよ。じゃねえ、やれるぞ。この方法なら、勉強をしてる気にならずに集中して解釈ができるわよ。

その後もおれと花史はキャプションづくりに没頭した。そしていつの間にか、椅子に座りながら二人で寝ていた。

目が覚めると朝の十時になっていた。眠る前は深夜二時過ぎだったから八時間も経っている。花史はまだ寝ていた。最近はこのキャプションづくりで徹夜が続いていたから疲れているんだろう。

目をこすっていると、心地いいメロディが聞こえた。

愛されてるのか　いないのか　振り回されることに慣れすぎた
瞳がエンジニアの横に立って歌っていた。

おれが起きていることに気づいていない。

おれはバッグからハンディカメラを出して瞳に向ける。が、やはりカメラを下ろしてバッグにしまった。

サビを歌った瞳は、すぐにAメロとBメロも歌って一番をつくり上げる。そして二番を頭から歌って瞬く間に一曲を完成させた。今この場で初めてつくった曲だとわかった。

また一番から歌っている瞳の横顔を見たとき、怖くなった。

目の瞳孔《どうこう》が開いて瞬き一つしない。なにかに取り憑《つ》かれたように集中している。

「うん、これを骨格にしましょ」

瞳がご機嫌でエンジニアにいった。たった二、三分だったけど、初めて見る楽曲制作の光景だった。

そのとき、おれは気づいた。

「瞳……」

「あれ、起きちゃった?」

と瞳が顔を向ける。

「服が変わってない。ずっと帰ってないのか?」

二日前から同じ服だ。

「ばれた? あ、シャワーはネットカフェで浴びたし、下着はコンビニで買って替えたよ」

帰ってない理由は、

「新しい曲をつくってたから?」

瞳はうなずいた。

「一昨日から急に曲が降りてきてね。こんなときは一気に吐き出したいの」

おれと花史がいない時間に、デモ音源以外の新しい曲をずっとつくってたんだ。

「一昨日から何曲できた?」

「三十曲」

なにをどうしたらそんなにつくれるんだ?

いや、それよりも、そんなにつくってるということは、

「もしかして、ずっと寝ずに?」

「まあね。もう七十時間以上かな?」

瞳は思い返しながらいった。

そんなに続けるなんて異常だろ。さっきの集中した顔も普通じゃなかった。瞳はなにかに強く突き動かされている。おれはそれがなんなのか知りたくなる。

「なんで、そんなに続けられるんだ？」

瞳はソファに座った。

「あんたこそ、なんでそんなに続けるの？　密着なんて適当につくればいいじゃん」

おれは迷わなかった。

「瞳の魅力をちゃんと伝えたいんだ。ファンのみんなも喜ぶだろ？」

瞳は目を見開いたあと、鼻で笑った。

「なにそれ。偽善？」

「本当だよ。瞳の魅力を映せばおもしろいＶＴＲになる。それがおれたちの仕事だ」

「わたしを利用するんだ？」

笑顔でいう。

いちいち突っかかる。でも、こんなことをいう理由も、ワガママをいう理由も、自分を見せない理由も見当がついてる。

「そうかもな。ただ問題は、瞳がおれたちを信用してないことだ。密着をＯＫしたってことは自分をちゃんと見せたいんだろ。けど信用できるスタッフじゃないと自分を委《ゆだ》ねられない。不安だから試してる。おれたちがどれだけ本気なのか見極めようとしてんだろ?」

瞳から笑顔が消える。代わりにおれが笑った。

「おれは瞳を知りたい。だから今すぐにでもインタビューしたいけど、信用されるまでは
どんなワガママでも聞くよ」

初めてのテレビ出演だから不安は当然だ。瞳が安心できるまでは待ちたい。

しばらくおれをじっと見つめていた瞳は、

「撮影して」

と静かにいった。

「え?」

「今すぐ撮って。早くしないと気が変わるよ」

「あ……ああ」

おれはハンディカメラをバッグから出して瞳に向ける。

「さっきの質問して。今回だけ答えてあげる」

「さっき?」

「なんでそんなにってやつ」

戸惑いつつ、思い出す。

「なんで、そんなに続けられるんだ?」

「諦めきれないから」

瞳はカメラを見ずにクールに答えた。

いいかたは冷めていたけど、言葉の奥から抑えきれない熱を感じた。本気の言葉だ。

「どんなに伝えても伝わらない。とっくに諦めてるけど諦めきれない。その思いを歌うと楽になる。だから眠らずに続けられる」

どこか淋《さび》しそうだった。

諦めきれない思い――それがなんなのかまだはっきりとはわからないけど、瞳のエネルギーの源はそこにある。それだけはわかった。

このとき初めて、瞳の本当の姿が見えた気がした。

「なんで答えてくれたんだ？」

瞳は少し笑った。その表情も、初めて見る自然な笑顔だった。

「さっき、勝手に撮らなかったから」


この日から、瞳はおれと花史にレコーディングの作業をほぼ隠さなくなった。

ブースで収録する歌入れだけは「本気で歌う姿を見られるのは恥ずかしい」といって見

せてくれなかったけれど、それ以外の曲づくりの様子は撮らせてくれた。

まだ質問ははぐらかされてばかりだったが、徐々に瞳のことがわかってきた。

瞳は詞と曲を同時につくる。降りるといったほうが正しい。サビのメロディとフレーズが同時に降りてきて口ずさむ。すぐにほかの部分も降りてきて三十分もしないうちに一曲が完成する。

瞳は魔法のように次々と曲を生み出した。その速度とクオリティはやばかった。

もともと用意していたデモ音源とここで降りてきた曲の中から今回のアルバム収録曲を選ぶという。候補曲はすでに四十曲以上あったが、もう少し増やしたいそうだ。

「もういいんじゃねえか?」とおれがいうと、「手を抜いたらファンに失礼でしょ」と瞳は不機嫌にいった。そんなふうに、瞳の性格も見えてきた。ひん曲がっているようで、実はとんでもなくまっすぐなんだ。

ある日、瞳はいった。

「曲が降りなくなった。刺激がほしいから付き合って」

刺激を受けると曲が降りやすいらしい。「撮影してもいい」というから、カメラを持って付き合うことにした。

おれたちは瞳とスカイダイビングやバンジージャンプをやり、遊園地のジェットコースターにも一緒に乗った。

「きゃははは！　楽しいーー！」

瞳は五回目のジェットコースターでも両手を上げながらはしゃいでいたが、おれと花史はもはやグロッキーだった。ジェットコースターから降りて三人でベンチに座ったころにはグッタリとしていた。

なんでこんなことをして曲が思いつくんだ？　凡人にはまったく理解ができねえ。

「付き合ってくれたお礼に一つずつ質問していいよ」

ご機嫌な瞳がベンチでソフトクリームを食べながらいった。

「花史……ど、どうする？」

青白い顔をした花史はスケッチブックに文字を書いて見せた。

いつもよりかなり時間がかかったし、文字もヘナヘナしていた。

『了くんからどうぞ。ぼくは「いいたいことは明日いえ」です』

「ことわざか？　どういう意味だ？」

しかし花史はスケッチブックを持ちながらベンチに背を預けて目を閉じた。

かなり気持ち悪いようだ。今は休ませたほうがいいな。

どうすっかな……。

やっぱりプライベートか。瞳は高校を卒業したばっかだったな。

瞳にカメラを向けた。

「瞳は、一人暮らしか？　実家暮らしか？」

「そんなんでいいの？」

拍子抜けした顔。

「ああ」

まずは普通のことを知って仲よくなりたい。

「一人暮らしを始めたばっか。お父さんからは毎日ＬＩＮＥが入るけどね」

「仲いいのか？」

「いいっていうか、心配性なの。シングルファーザーだから余計に」

「へぇ」

「酒もタバコもギャンブルもやらない堅い人。わたしが成人するまで誰とも付き合わないんだって。自分の人生を楽しめばいいのに。ここまで重いとウザいよね」

顔を歪《ゆが》ませ、鬱陶《うっとう》しそうな顔をする。こういう話をしてみると普通の十八歳だな。

「んで、そろそろ降りてきたか？」

まだ曲を口ずさんでいない。

「まだ。うーん、ほかの刺激がいいのかなぁ」

瞳がベンチに座りながら両手を上げて伸びをする。

「そうだ。人に会わせてくれない？」

「……会わせてって？」

「その人、俳優なの。マンションの前に週刊誌が張ってるらしいのよ」

「なんて人？」

「柳田海《やなぎだかい》って人」

「……朝ドラ出てたやつか？」

「そう。唯一の男友達」

少し前に朝ドラで主人公の女の子が片思いしていた相手役を演じてブレイクした実力派俳優だ。爽《さわ》やかな好青年ぶりが話題になった。

「週刊誌に撮られずに柳田と会いたいってことか？」

「そういうこと。わたしはいいんだけど、向こうの主戦場はテレビでしょ？　熱愛記事を書かれたら事務所的にまずいのよ」

瞳は若い女性たちから支持され、音楽配信や動画配信で活躍している。だから週刊誌にも注目されにくいし、熱愛記事を書かれても仕事に影響しないだろう。

だが柳田はテレビに出ている俳優だから週刊誌に注目されやすい。女性ファンが離れたらまずいから熱愛記事も避けたい。向こうのことを考えて会ってないってわけか。

瞳は大きなため息をついた。

「ほんとテレビの世界って面倒。保守的で、理不尽で、しょうもないルールだらけで。だからみんな見なくなったのよ」

耳が痛いけど当たってる気がする。みんなに観てもらえるように、もっと頑張らねえとな。

瞳も本当にテレビに興味がなさそうだ。

「テレビ、見ないのか？」

「ぜんぜん」

「それでも出ることにしたのは、ファンのためか？」

ここ何日かネットで瞳のことも調べているが、瞳はこれまでファン限定の小規模なライブを何度か開催していた。ラップやダンスナンバーも数多く発表しているため、クラブイベントなどにもゲスト出演して歌うこともあるようだ。ファンの喜ぶ顔を見ているだろうから、もっと大勢のファンを喜ばせたいと思ったのかもしれない。ちなみに、ライブでは意外にも観客を巻き込むような熱いパフォーマンスをするらしい。

「ノーコメント」

いまだにこうしてよく質問をはぐらかされる。まあ、いつか話してくれるだろ。今は柳田のことに集中するか。

「柳田、今はどこにいるんだ？」

「今日はオフっていってた。ＬＩＮＥはよくしてるから」

おれは腕を組んで考える。

「瞳が柳田の家にいっても撮られる。柳田が家から出ても尾行されて撮られるか……」

と、花史に肩をポンポンと叩かれ、スケッチブックを見せられた。

『了くん、やばい企画を思いつきました』


花史の考えた企画は、題して「園原急便大作戦」だ。

瞳を遊園地に残したおれと花史は、ワンボックスのレンタカーを借りて柳田の住むマンション前までいった。配達員に扮《ふん》したおれたちは柳田の部屋までいき、柳田にでかい段ボール箱に入ってもらう。そして外のレンタカーまで運んで遊園地に向かった。

車の中で柳田と話すと、イメージどおりの礼儀正しい好青年で、何度も「ありがとうございます」といわれた。二人は半年も会ってなくて、柳田も瞳に会いたかったそうだ。

瞳とは芸能人が多く通う中高一貫の学校で中一から高三まで同じクラスだったという。

ずっと仲のいい友達だそうだ。

だけど柳田は瞳のことが好きだと思った。それが言葉の端々から伝わったからだ。

「大城さんと乙木さんは、瞳とどんな関係なんですか？」

とおれたちと瞳の関係を気にしていたし、

「瞳、ぼくのことをなんていってました？」

と瞳に自分がどう思われているかを気にしていたし、

「瞳はぼくなんかよりずっとすごい表現者です」

と瞳をリスペクトもしていた。

極めつきは、おれが冗談で柳田に、

「瞳のこと好きなんですか？」

と訊いたら、赤面しながらうつむいてしまった。

そんな話をしながら、瞳を一時間ほど待たせるだけで柳田を遊園地まで連れてくることができた。

おれと花史は二人を観覧車に乗せて待つことにした。ここなら一般客に気づかれることもない。気が済むまで何周でもしてもらおう——と思ってたら、二人は一周しただけで降りてきた。

柳田は瞳に「またな」といって、瞳も「うん」と返す。柳田はおれと花史に「ありがとうございました」と頭を下げ、一人で帰ってしまった。

「もういいのかよ？」と瞳に訊くと、

「うん。あんまりいるとばれるから」

と満足そうに微笑んだ。そして、

「せっかくだから、了くんと花史くんも乗ろうよ」

と誘ってきたため、おれたちも観覧車に乗った。

頂上付近で「撮影して」といわれたから、ハンディカメラで瞳を撮影する。

瞳は窓から見える景色を眺《なが》めながら、歌を口ずさんだ。

誕生日に君と観覧車に乗った　プラダの財布を買ってくれた
タバコの火が消えたらお別れ　お願いだからまだ消さないで

ヒップホップ調の歌。瞳の曲はメロディが洒落ていて歌詞が切なく、ワンフレーズ聴いただけで不思議と淋しくなる。ストーリーがあって絵が浮かぶのも特徴だ。個人的なことを歌ってるけど自己顕示欲はまったく感じない。普通の幸せを求めてる——どの曲からも、そんな願いを感じる。

「降りてきた。タイトルは『Ｂｉｒｔｈｄａｙ』にする。もうすぐ誕生日だから思い出しちゃった」

「誕生日、いつだ？」

「ミッドナイトの収録翌日」

といった瞬間、瞳の目尻《めじり》から涙がツーっと流れた。

「あれ？　またか」

瞳は自分が泣いていたことに気づき、手で涙を拭《ぬぐ》った。

「また？」

「曲づくりのときによく起こる。抑えていた感情が遅れてやってくるの」

我慢してた感情を、歌にして吐き出してるってことか？

さっきの歌は……誕生日に一緒に観覧車に乗って財布を買ってくれた人と離れたくなかった。当時はその気持ちを本人に伝えられなかったってことか？

と、花史がスケッチブックに文字を書いて見せた。

『質問です。瞳さんの曲は、実体験を描くことが多いんですか？』

いい質問だ。これはおれも気になる。

「うん。わたしは実体験からしかつくれないの」

あることに気づいた。

さっき口ずさんだ曲も、ラブソングランキングの十一位にランクインしている「Y」も片思いの曲だ。しかも、歌詞の語り手が想《おも》いを寄せている相手は――

「瞳の曲は、ぜんぶ一人のことを歌ってるのか？」

これまで発表してきた曲も、今回のレコーディングでつくってきた曲も、歌詞の語り手はすべて同じ人のことを歌っている気がする。

「質問は一人一つまで」

突き放すようにいわれた。

「あ、そうだった」と思い出す。さっき一人暮らしの話を聞いたんだ。

「けど、わたしのこと意外としっかり見てるのね。了くん」

瞳は嬉しそうに笑った。

否定はしてない。ぜんぶの曲で一人のことを歌ってるんだ。

その相手はおそらく柳田だ。

瞳は柳田のことを唯一の男友達といっていた。この数日、おれたちは瞳とずっと一緒にいるけど、ほかに連絡をとっている男がいるとは思えない。柳田は十八歳だけど、中高生が大人の真似事をしてタバコを吸うのはめずらしい話じゃない。柳田にもやんちゃな時期があったのかもしれない。

瞳は前に「どんなに伝えても伝わらない。とっくに諦めてるけど諦めきれない。その思いを歌うと楽になる。だから眠らずに続けられる」といっていた。

瞳は柳田にずっと片思いしているんだ。

どんなにアピールしても気持ちが伝わらないから歌にしている。もしかしたら、歌にしたら気持ちに気づいてもらえると思ってるのかもしれない。

そして柳田も瞳のことが好きだ。二人は、お互いの気持ちに気づいていないんだ。

二人をどうにかしてやりたいと、おれは思った。


おれと花史は、瞳と毎日のようにいろんな場所に出かけた。

瞳はなにかを見たり体験したりして刺激を受けるたびに曲をつくった。

ある日、おれは「Y」の歌詞キャプションを瞳に見せることにした。本人に意見を訊けば、このキャプションがイケてるかわかると思ったからだ。

「瞳、こんなキャプションってどうだ？」

おれはノートパソコンの画面を見せる。

『自由奔放な男に片思いする乙女心を描いた曲』

「いいんじゃない？」と瞳は軽くいった。

「ってことは、解釈はこれで合ってんのか？」

「歌詞は聴いた人が自由に解釈するものよ。だから了くんの好きにしていい。どんな内容でも文句はいわないから」

瞳の性格を考えると素直に合ってるとはいわないか。ただ、本人のお墨付きだ。事務所確認の手間もはぶけたぜ。


「ミッドナイトソングス」の収録四日前、太陽テレビで二回目のキャプション会議をした。

おれは花史のアドバイスのおかげで歌詞の解釈に集中できるようになったものの、それを上手いこと短くまとめられなかったため、採用されたのは瞳にも見せた「Y」の歌詞キャプションだけだった。

真奏は前に出したものよりもさらに深く考察した歌詞キャプションをつくってきて、二十〜十二位は、またぜんぶ真奏のものが採用された。

やっぱり真奏は普通じゃねえ。どうやったらこうなれるんだ？　いや、もとの頭が違いすぎて、何年おれが努力してもこうはなれないかもしれない。

気が重くなるから未来のことは一旦《いったん》考えるのをやめた。とにかくおれは凡人らしく努力を続けるしかない。

十～一位の歌詞キャプションは、花史が三つ、真奏が七つ採用された。

「キャプションはこれで決定にしよう。愛宕瞳の取材は上手くいってるか？」

岩波に訊かれる。

瞳が心を開きはじめ、楽曲制作の姿を見せてくれていることは伝えていた。最近は岩波に教えてもらってカメラの撮りかたもかなり上手くなった。

「はい。どっかのタイミングできっちりしたインタビューも頼むつもりです」

「いいね。このまま頑張ってくれ」

「うっす！」

「今日の会議は以上だ」

岩波は会議室を出ていった。次に岩波と会うのは収録日だ。

当日は五組のアーティストがスタジオで歌う。まずは瞳が「Y」を歌唱。そのあとラブソングランキングのVTRが十一位まで流され、綾瀬摩耶、男性五人組アイドルグループの風神、ａｋｉｋｏの順番で歌う。そしてVTRが一位まで流されたあと、トリの福原雅弘が歌う。

キャプションではボロ負けしたけど、真奏でも無理だった瞳の密着ドキュメントが成功したら引き分けになる。今日あたり、瞳にインタビューをお願いしてみるか。

「花史、そろそろ瞳にインタビューを――」

隣に座っていた花史を見ると、目を閉じながら机に頬をくっつけていた。呼吸が浅くハアハアと息切れしている。様子がおかしい。

「おい、花史？」

おれの声を聞いて、会議室を出ようとしていた真奏が戻ってくる。

「どうしたの？」

おれは花史の額をさわる。

「すげえ熱だ」

「救急車、呼ぼうか？」

真奏がスマホを取り出すと、花史がいった。

「大丈夫です……ちょっと前から……熱っぽいだけで……」

目をうっすら開けて微笑む。

「花史くん、なんでわたしがいるのに話せるの？」

おれは以前のことを思い出した。

「前にもあった。ずっと無理をしてみんなの前で話そうとしてたときに、熱を出して倒れた。あのときも朦朧《もうろう》としてたから話せた」

おれは花史をおぶった。おそらく救急車を呼ぶほどの緊急事態じゃない。

「とにかく病院に連れていく」

「それなら、待たない病院を知ってる」

「あなたの手は……借りたく……ありません」

花史が朦朧としながら声を出す。

「そんなこといってる場合じゃないでしょ。いくわよ」

おれたちはタクシーに乗って真奏の知っている病院に向かった。


西麻布にある個人経営の病院に花史を連れていった。

そこまで混《こ》んでなくて、すぐに順番が回ってきた。花史は疲労で熱が出ていたために、点滴を打つことになった。

医者の説明はわかりやすく診察時間も短かった。花史がベッドで点滴を打ち終わるまで、おれと真奏は待合室で待つことになった。

「ほんとに早かったな」

太陽テレビの局内にある病院だともっと待っていただろう。

「わたしのかかりつけ医。説明がわかりやすくて待ち時間も短いしベッドも多い。薬を必要以上に出して儲《もう》けようともしない。港区で一番信頼できる病院」

その言葉を聞いて安心した。物知りな真奏にいわれたら信用できる。

「ありがとな」

「わたしのため」

真奏はおれを見ずぶっきらぼうにいった。

「最初のキャプション会議で、岩波さんは君たちの面倒を見るつもりだとわかった。だったら足を引っ張ってほしくない。番組のレベルが落ちたらわたしの名前にも傷がつくから休んでほしくない」

やっぱり真奏の一番の目的は放送作家としてこの業界でのし上がることか。

「しかし、真奏はなんでも知ってるな」

花史も物知りだけど種類が違う。真奏は本やネットではなく、知り合いから聞いたり自分が体験して知ったりした、信頼できる情報を持っている。これぱっかりは顔の広さや経験が物をいう。

返事がなかったために真奏の顔を見ると、神妙な顔で考え込んでいた。

「どうした?」

「……あくまで推測なんだけど、歌詞の解釈は、花史くんにとって異常に疲れることなのかも」

「どうして?」

「情報キャプションと比べたら、歌詞キャプションは別人かと思うくらいクオリティが低かった。彼ならもっといい文章をつくれそうなのに」

それはおれもうっすらと感じてはいた。

「熱を出すほど苦手ってことか？　でも、なんで……」

前に他人と話そうとして熱が出たのはわかる。人見知りな花史にとってそれほど苦痛なことだったからだ。けれど、なんで歌詞の読み取りでストレスを感じるんだ？

「花史くん、極度の人見知りなのよね。他人が怖くなったきっかけがあるんじゃない？」

おれは思い出す。

「小学生のころにいじめられたって」

それがきっかけで他人と話せなくなったと文がいっていた。

真奏は「……そう」と静かに納得する。まるで想像通りというようなリアクションだった。

「もしかしたら、人の本心を探るのが怖いのかも。その奥には恐ろしいものが隠されていると思ってるから。それでも、無理に歌詞の語り手の気持ちを読み取ろうとしたから疲弊した。そう考えると辻褄《つじつま》があう。本人は気づいてないだろうけど」

だから歌詞キャプションのレベルが低かったのか。怖くてちゃんと考えられなかったんだ。ただ、腑《ふ》に落ちない点もある。

「おれの気持ちはいつも考えてくれるぞ」

「君の奥には汚いものがないとわかってるからよ。信用しているから怖くないの。花史くんを見てればわかる」

他人の気持ちが怖くて直視できないか……あんなひどいいじめを受けたんだから、そうなるのも無理はねえ。苦しいのに必死に歌詞を読み取ろうとしていたんだ。

花史の点滴が終わったあと、医者から「熱が下がるまで安静にさせてください」といわれた。

おれは眠ったままの花史をおぶって「もんじゃ文」に連れていった。

花史が復活するまで、おれだけで園原一二三の仕事をしないといけない。


「もんじゃ文」にいったあと、いつものようにレコーディングスタジオの副調整室にいくと、エンジニアの女性がいなくなっていた。いるのは本を読んでいる瞳だけだ。

「ハロー」

とソファの上で足を伸ばしていた瞳がおれに手を振る。

今日の本は、アンリ・ベルクソンの『時間と自由』だ。相変わらず、どこの国のどんなやつが書いた本なのか見当もつかねえ。

「エンジニアの人は？」

「帰った。レコーディングが終わったから」

アルバム曲がぜんぶ完成したんだ。つーことは、今日から瞳はオフか。

あ。やべえぞ……まだインタビューが撮れてない。

どうしようかと考えていると瞳がいった。

「そろそろインタビュー受けてあげる」

「マジか⁉」

「曲づくりも手伝ってもらったし。ただし、メイクさんをつけて、ちゃんとした場所で撮ってもらうことが条件」

「岩波さんにいっとくよ。ミッドナイトの収録が終わってからだな」

「日程が決まったら教えて」

「ああ」

おれは副調整室を見渡す。

「じゃあ、ここにくるのも今日で最後だな」

たった十日間だったけど、もうここにこないと思うと淋しくなった。

瞳と花史といろんな場所にもいった。なんだかんだで楽しかった。もうあんな体験をすることもないんだな――。

　思い出していたら、鼻の奥が熱くなった。

「嘘⁉　泣いてんの？」

　瞳がケラケラと笑う。

「……泣いてねえよ」

　目から溢れていた涙を手でぬぐう。

　東京にきてからは、どうも人との別れが淋しくなって涙もろくなっちまった。

「ほんと、バカみたいに純粋だよね。そこがいいところだけど」

　ポケットティッシュを渡してくる。受け取って涙を拭《ふ》いた。

　瞳はおれを見つめながら淋しげに微笑んだ。

「わたし一人っ子だから、兄弟ができたみたいで楽しかった。また遊びにいってくれる？」

「当たり前だろ。いつでも連絡しろよ」

　瞳は照れくさそうに笑った。

「収録もよろしくね」

「おう」

　瞳は副調整室を出ていった。

これで密着企画は成功しそうだ。気が抜けたら急にもよおしてきたからトイレに向かう。そして用を足して手を洗い廊下に出ると、

「会えないって、どういうことよ⁉」

女子トイレから瞳の声が聞こえてきた。

「誕生日なのよ⁉　もういいよ！　もう二度と会わない！」

誰かと電話している。

おれはその場を離れてレコーディングスタジオをあとにした。

電話の相手は……柳田海か。

遊園地で観覧車に乗ったとき、誕生日に会う約束をしていた？

瞳の歌詞を考えると、柳田はほかの人ばかりを見ていて、瞳には振り向いてくれない自由奔放な男だ。瞳は諦めたいのに、たまに優しくされるから諦めきれない……。

柳田は瞳よりも仕事を選んだ？　それとも別の女性を選んだのか？

とにかく、「二度と会わない」なんていうくらいだから、柳田と誕生日に会えなくなったことは瞳にとって相当ショックだったはずだ。仕事に影響しなきゃいいけど……。

しかしこの悪い予感は、すぐに現実になってしまった。

瞳の女性マネージャーから「瞳がミッドナイトに出ないといっている」と連絡をもらったのは、収録一日前のことだった。

瞳から電話がかかってきて突然いわれたという。しかも「もう歌手を辞めるからすべての仕事をキャンセルしてほしい」といっているそうだ。その電話を最後に連絡がとれずどうしていいかわからなかったため、最近ずっと一緒にいたおれたちに瞳に変わったところはなかったか訊きたかったらしい。

おれはマネージャーと一緒に瞳のマンションに向かった。

マネージャーがスペアキーを持っていたために一緒にオートロックのエントランスを抜け、瞳の部屋の前までいってインターホンを押した。

「瞳、どうしたんだよ？」

ドア越しに何度か声をかけていると、

「うるさいなあ。近所迷惑でしょ？」

中から瞳の不機嫌な声がした。

力が抜けて廊下に座り込む。マネージャーもほっとしてしゃがみ込んだ。芸能人は繊細な人間が多いから、こんなことがあるとやたらと心配しちまう。

「心配しなくても危ないことはしないよ。歌手は辞めるけど」

思ったよりは冷静だ。だけど、なんでこんなこと？

「なんで急に辞めようと思ったんだよ？」

瞳はしばらく無言のあと、ボソッといった。

「諦めたから」

やっぱり、柳田海を追いかけるのを諦めたんだ。

いくら歌っても自分の気持ちに気づいてもらえない。瞳の誕生日もほかのものを取った。たとえ気持ちに気づいたとしても、自分を見てもらえないと思ったから……。

でも、だからって仕事を放り出すのは違う。

「本当に辞めたいのならしかたないけど、受けていた仕事はやれよ」

「もう、どうでもいいの！」

どうする？

……おれは瞳の気持ちをわかってると伝えるか？　理解者が一人でもいるとわかったら落ち着いて考えも変わるかもしれない。

「柳田くんだろ？」

「……」

「誕生日に柳田くんと会えなくなったんだろ？　曲もぜんぶ柳田くんのことを歌ってたんだよな？　けど一時的な感情で辞めるなよ。一回落ち着いて――」

「違うよ!!」

大きな怒鳴《どな》り声《ごえ》。爆発した激しい怒りが伝わってきた。

「了くんはわたしをわかってない！　もう帰って！」

違う？　わかってない？

なにがどう違うんだ？

……なんにせよ、こんな辞めかたはよくない。

「嫌なら密着企画は諦めるよ。ただスタジオ歌唱はしてくれ。瞳の出演告知はしてるんだ。楽しみにしているファンをがっかりさせたくないだろ？」

「帰ってよ!!」

「わかった。スタジオで待ってるからな」

おれとマネージャーはマンションを出た。


自宅マンションに戻ると、扉の前で花史が座りながら寝ていた。

「花史、なにしてんだよ?」

「……了くん」

笑顔を見せるが顔色が悪い。まだ熱が下がってないんだ。

「密着企画がどうなったか気になって……LINEをしても既読がつかなかったので」

スマホを見る。一時間ほど前に花史からLINEがきていた。瞳の家に向かっていて必死だったから気づかなかったんだ。

「悪い……さっきまでバタバタしてたんだ」

おれは花史を部屋に入れて座らせ、さっきまでのことを話した。

「このままじゃ失敗だ。それどころか、瞳は歌手を辞めちまうかもしれねぇ」

瞳はなんで歌手を辞めようと思ったんだ?

柳田に自分の気持ちに気づいてほしくて歌ってきた。だけど振り回されることに疲れたから歌手を辞めようと思ったんじゃねぇのか?

瞳のことが理解できねぇ——。

そのとき、花史が口を両手でおさえて前屈みになる。

吐くのかと思ったら違った。

「うふっ、うふふっ……」

肩を震わせながら笑ってる。

まさか。

「ど……どうした？」

花史は笑いをこらえながらいった。

「了くん、やばい企画を思いつきました」

きた。やっぱりお前は頼りになるぜ。

「その企画で瞳の引退を止められるのか？」

「はい……今までのことを振り返ってみたら……いろんなことがわかりました。ぼくの想像が正しければ……『Y』の歌詞キャプションを完璧なものに仕上げられたら……引退を止められます」

花史は息切れしながらいう。体がキツそうだ。

「完璧なキャプション？　なんでそれで止められるんだ？」

「まだ……秘密です」

またかよ⁉

花史はいつも本番までどんな企画か教えてくれない。

めちゃくちゃピンチなのに……なら、せめてこれは訊きたい。

「今のキャプションは完璧じゃないのか？」

おれのつくった歌詞キャプションは、『自由奔放な男に片思いする乙女心を描いた曲』

だ。自分では完璧だと思っていた。

「まだ……解釈が……浅いんです。だから瞳さんは……怒ったんです」

瞳は「了くんはわたしをわかってない！」と怒っていた。瞳を理解できてなかったんだ。

「それになにより……これでは……数字が……取れません」

「……どういうことだ？」

「瞳さんのような天才のテレビ初出演は……もっとセンセーショナルで……あるべきです。完璧なキャプションができれば……高視聴率も獲得できます」

完璧なキャプションがどう高視聴率につながるんだ？　さっきからいってることがぜんぜんわかんねえ。

花史の目がうつろになる。

「了くん……キャプションを仕上げてください……ぼくも手伝いたいのですが……歌詞を解釈しようとすると……気が……遠く……なるん……です」

目の前のテーブルに頭をパタンと乗せた。一瞬焦ったが、寝息をたてて眠っていた。

おれは花史をベッドに寝かせた。

「わかった。あとは任せろ」

なんで完璧な歌詞キャプションをつくったら瞳の引退を止められるかはわからない。けれど、花史がそういってるのなら間違いない。だからやるしかない。

おれは「Y」の歌詞を解釈する。

――瞳はこの曲をどんな気持ちで書いた？

――瞳が本当に求めているものはなんだ？

――瞳は誰に向けて歌っている？

この歌詞を完璧に理解すれば、瞳の引退を止められる。それに、今度こそ「おれは瞳を理解している」といって、苦しんでいる瞳を勇気づけられる。

おれはひたすら考え続けた。

そして徹夜した結果なんとか紙に書いてまとめたけど、いつの間にかテーブルに顔をつけて寝ていた。

窓から差し込む朝の光に起こされる。

顔を上げると、花史がキャプションの書かれた紙を見ていた。もう顔色がいい。

「花史、熱は？」

「下がったみたいです。了くん、情熱と愛に溢れる最高のキャプションです」

花史は心の底から嬉しそうにいった。

「ミッドナイトソングス」の本番二時間前、おれは太陽テレビのスタジオで歌リハーサルをしている綾瀬摩耶に釘付《くぎづ》けになっていた。

まだ衣装には着替えてなくてスウェットパンツにパーカー、髪を一つに束《たば》ねたラフな格好だ。それでも百七十センチ近くある長身とスレンダーな体型、サングラスをかけていてもわかる凛々《りり》しく整った顔立ちは明らかに一般人とはかけ離れていた。

しかしおれは綾瀬の外見に惹かれていたわけじゃない。

そのステージに惹かれていたんだ。

「すごいです。完璧に演じてます」

隣に立っていた花史も感動していた。

この曲は綾瀬がシンガーソングライター役で主演しているドラマの主題歌だ。綾瀬は完全にその役になって歌っていた。このとき、おれは初めて知った。

歌は演技だ。歌手はステージに立つとき、本来の自分とは違う人物を演じているんだ。

綾瀬の卓越した演技力を目の当たりにしてそれがわかった。

そしてもう一つ、気づいたことがある。

歌は存在感でもある。綾瀬は歌も上手かったが、そんなこともかすむほど存在感がすごかった。綾瀬と比べるとTWINKLEも小粒に思えた。これほどのスター性を放つ芸能人を見たことがない。

ステージが終わると、おれと花史は自然と拍手していた。

すでにａｋｉｋｏと風神と福原雅弘の歌リハも終わっていたが、綾瀬摩耶のステージは別格だった。

「ありがとうございました」と、綾瀬がクールにいってスタジオの出口に向かう。

若い女性が紙コップを持って綾瀬に歩み寄った。綾瀬がスタジオに入ってきたときも隣についていたから、たぶんマネージャーだ。スタジオの外にある自販機で飲み物を買ってきたようだ。

綾瀬に紙コップを差し出したとき、マネージャーがカメラのケーブルにつまずいた。

綾瀬の服に茶色い液体がかかる。コーヒーだ。

サングラスを取った綾瀬はマネージャーを凝視する。

スタジオが凍《こお》りついた。大女優にコーヒーをぶっかけたんだ。マネージャーが叱られるかもしれない。

綾瀬は大きな声を出した。が、その言葉は想像と違った。

「大丈夫⁉」

パーカーのポケットからハンカチを出した綾瀬は、マネージャーの手に少しだけかかっていたコーヒーを拭く。

「どうしよう。火傷《やけど》してない？」

心配そうにマネージャーにいう。さっきまでの神々しい綾瀬とは別人のようだ。

「ゆっこさん……ゆっこさん！」

マネージャーがいうと、綾瀬は手を止めた。

「アイスコーヒーです」

マネージャーが笑顔でいう。

「……なんだぁ。びっくりしたあ」

綾瀬は胸をなで下ろした。

ADが綾瀬に「これで服を拭いてください」とタオルを渡す。しかし綾瀬は、「ありがとうございます」と受け取り、自分の服ではなく床に広がったコーヒーを拭き、何度もADに「すいません」と謝る。

スタジオ二階のサブから降りてきた岩波が、床を拭いている綾瀬に話しかけた。

「綾瀬さん、大丈夫ですか？」

綾瀬は不敵に笑い、立ち上がって岩波の肩をパンチした。

「なによ、その呼びかたは？」

岩波が苦笑いする。

「すいません、ゆっこさん」

「偉くなったから、もう馴れ馴れしくしないでほしいんだ？」

「違いますよ」

岩波は綾瀬と少し談笑したあと、おれたちを手招きして呼んだ。

「ゆっこさん、紹介します。この番組の作家の大城と乙木です」

おれと花史は会釈する。

こどものころからテレビで観てきた大女優と目が合う。やばいくらいに綺麗だ。今まで芸能人と会った中で一番緊張しているかもしれない。

「大城くん、ちょっとタイプかも。電話番号教えて」

綾瀬が色っぽい声でいった。

「え？　あ……えっと……」

おれの顔が熱くなる。だがすぐに、バシッと肩を叩かれた。

「冗談よぉ！　おばさんに口説かれたからって困らないでよ」

大きく口を開けて笑う。

ビビった……心臓がバクバクしてるぜ。

「それじゃ岩波くん、本番もよろしくね」

「はい」

綾瀬はおれたちに人なつっこい笑顔を見せて会釈し、歩いていった。そしてスタッフ一人一人の目を見て「おつかれさまでした」と挨拶しスタジオを出ていく。

こんな人だったのか。ミステリアスな印象だったけど、素顔は天真爛漫《てんしんらんまん》で話しやすい人に見えた。

「あの、〝ゆっこさん〟って？」

おれは岩波に訊いた。マネージャーも岩波も綾瀬摩耶をそう呼んでいた。

「本名は綾瀬由希子《ゆきこ》。親しくなった人にはそう呼ばせるんだ。スタッフに距離をとられるのを嫌がるんだよ」

「岩波さん、親しかったんすか？」

「十年前まではＭスタにもよく出てたからな」

まだおれが小さかったころ、綾瀬はＭスタでよく歌っていた記憶がある。岩波は長年Ｍスタのステージ演出を担当しているから、そのころから知ってる仲なのか。

「綾瀬さん、イメージと違いました」

「素顔も魔性の女だと思ったか？　実際は親しみやすい人だよ」

けど、恋多き女は事実なんだよな？

綾瀬は昔から共演俳優との熱愛の噂が絶えなかった。離婚の原因も不倫だといわれているし、今だってドラマで共演中の若い俳優と付き合ってる。

「よし。次は愛宕瞳の歌リハだ。まだきてないのか?」

岩波に訊かれ、おれは「はい。でも、きます」と返事をし、花史もうなずいた。

瞳はまだスタジオにきていなかった。

今朝、岩波につくり直した「Y」の歌詞キャプションを見せた。岩波に「これ、本当か?」と訊かれ、おれは「はい」と答えた。そして「本人はどんなキャプションでも文句はいわないといってました」と伝えると、岩波はすぐに了承してVTRのキャプションを修正することになった。

「ほんとにいいんすか?」とおれが念を押すと、「しかたないだろ。おもしろいんだから」といっていた。テレビマンはどんなときも「おもしろい」を選ぶ。岩波も同じだ。

「そんじゃ大城、愛宕役をやってくれ」

「うっす」

瞳はまだきてないけれど、カット割りを確認するために歌リハは必要だ。おれはステージに向かう。

そのときだった。

「わたし、そんなにでかくないんだけど」

振り向くと、瞳が立っていた。

そのまま歩いてきて、おれの前を通り過ぎる。

「これで最後よ。歌手は辞める」

尖《とが》った声でいってステージに向かった。

驚きはしなかった。瞳はファンのためにくると思った。十日間一緒にいて、おれにはそれがわかっていた。

「どうやってこさせたの？　歌手を辞めるっていってたんでしょ？」

収録に遅れてやってきた真奏が隣に立っていた。瞳の話はすでに誰かから聞いていたようだ。

「頼んだだけだよ」

真奏は腑に落ちないような顔だったが、特別なことはしていない。本当にそれだけだ。

花史が真奏の肩を優しくポンポンと叩く。

『先日はありがとうございました』

真奏にスケッチブックを見せる。そしてページをめくった。

『ただ、もう同じことはしないでください。ぼくはあなたのことが嫌いです』

「……わかったわ」

花史は頑固だ。真奏の信念を認めていないから、助けられたくもないのだろう。

ピリついた雰囲気を変えるためにも、おれは真奏にいった。

「本番を楽しみにしてくれ。花史の企画はやばいぜ」

瞳がきたことで緊張が解けて腹が鳴った。くるとは思ってたけど気が気じゃなかったから、まだなにも食ってなかった。

ロビーで喜明の弁当をかきこんだおれは、スタジオで本番を待った。

本番が始まった。

スタジオに五組のアーティストが登場し、ＭＣの男性アナウンサーが彼らとひと言ずつ話したあと、瞳が「Ｙ」を歌った。

ほかの四組はデビューして十年以上のベテランで、瞳はテレビ初出演の十八歳だ。それにもかかわらず、瞳はまったく物怖《ものお》じせずに堂々と歌った。

瞳のステージは神がかっていた。

おれは瞳をナメていた。さっきの歌リハでは本気を出していなかった。本気で歌っている姿を初めて見たけれど、声量、歌唱力、表現力、圧倒的な存在感――どれをとっても、ここにいるアーティストたちの歌リハ以上だった。瞳のステージは、ＴＷＩＮＫＬＥよりも、綾瀬摩耶よりもすごかった。

最も惹きつけられたのは、「訴える力」だ。

瞳の歌声は、切実で、健気《けなげ》で、異常なほどに渇望していた。瞳はずっとギリギリで生きてきたのだとわかった。その危うさが、聴いている者の心を摑む。

大袈裟《おおげさ》ではなく、瞳は歌うために生まれてきたのだと思った。

曲が終わり、スタジオに座っている百人の観覧客が一斉に拍手する。

その音の大きさで、瞳がみんなの心をどれほど揺さぶったのかがわかった。観客も出演者も誰もが感動していた。

拍手が鳴りやまぬ中、瞳がゲスト席に座った。

MCの男性アナが「ラブソングBEST20」のVTR振りをする。

「まずは二十位から十一位です。どうぞ」

出演アーティストたちはスタジオのモニターを見つめる。

二十位、十九位、十八位——どんどん曲が流れていく。

順位が上がるにつれ、おれの熱意も上昇していった。

おれは瞳を止めないといけない。

あいつは一時的な感情で引退を決めてはいけないんだ。

なぜなら、瞳にとって歌うことは「救い」だからだ。ずっと瞳を見てきたからそれがわかる。自分を救う手段をこんなにも簡単に手放したらいけない。絶対に後悔する。おれは瞳に楽しく生きてほしいんだ。

瞳の決断を変えたい。おれのつくったこのキャプションで——。

十一位の「Y」のPVがモニターに映り、画面右側にキャプションも映った。

そこには、こんな文章が書かれていた。

『愛宕瞳が母親に愛されたい願いを歌った楽曲

彼女はすべての曲で母親のことを歌っている』

瞳が目を見張る。

ほかの出演アーティストも男性アナも驚いていた。

拍手とともにVTRが終わる。

「ラブソングBEST20の二十位から十一位でした」

男性アナがそういったとき、瞳が立ち上がった。

「了くん、なにこのキャプション?」

カメラの横に立っていたおれを見つめる。

本番だろうが大御所アーティストがいようが関係ない。瞳はやっぱり大物だ。

スタジオにはハプニングが起きているが、サブの岩波はカメラを止めない。岩波はこうなることも予想し、「収録だから最悪カットすればいいし、上手くいったらそのまま密着企画に使おう」とおれにいっていた。愛宕瞳の核心を突く部分だからだ。

もちろん放送するには瞳の許可は必要だが、きっと花史はこうなることを予想して視聴率を見込んでいた。だから完璧に解釈したキャプションをここで公開しようとしたんだ。

そして瞳の引退を止めるためには、ここからさらに核心を突かないといけない。

「間違ってたら謝る。でも合ってたら話を聞いてほしい」

おれがいうと、瞳はゆっくりと目を伏せた。やっぱり母親のことを歌っていたんだ。

おれは仮説を話しはじめる。

「瞳が誰のことを歌っているのか、もう一度よく考えた。初めはあの男友達だと思ったけど、やっぱり歌詞の人物像とはかけ離れている。父親も同じだ。そう考えると、誕生日に会うほどの親しい人物は、母親しか考えられなかった」

昨日、瞳のすべての曲の歌詞を読み取ってこの仮説を立てた。今度は瞳を理解できている自信がある。それくらい歌詞を読み込んだ。

おれはレコーディングスタジオで瞳が口ずさんでいた歌を思い出す。

愛されてるのか　いないのか　振り回されることに慣れすぎた

これは母親のことを歌ってたんだ。

「母親は瞳が小さいころからかまってくれなかった。だから瞳は、自分の気持ちに気づいてほしくて歌ってきた。だけど母親はいつまでも気づかない。今年の誕生日もなにかの理由で会えなくなった。どんなに歌っても母親は瞳の気持ちに気づかないし愛してもくれない。たまに優しくされるけど、もう振り回されたくないから気持ちを伝えることを諦めた。だから、もう歌うのも辞めようと思った」

瞳の曲はすべてラブソングだから、思いを寄せる相手が男だと思い込んでいた。だけど、愛にはいろんな形がある。瞳は自分を愛してくれない母親への思いを歌っていたんだ。そして瞳の気持ちは伝わらなかった。

ただ、まだやれることはあるはずだ。

「歌っても伝わらないなら、ちゃんと話してみろよ」

母親との対話。これが、瞳の引退を止める唯一の方法だ。

おれには瞳が、母親との対話から逃げているように見える。けど真っ正面からぶつかったら、二人のこじれた関係を修復できるかもしれない。

そうすれば、瞳は違った形で歌と向き合える。愛を求める歌だけではなく、楽しい歌や嬉しい歌も歌える。そんな気がするんだ。

瞳はしばらくおれを見つめたあと、

「無駄だよ」

ポツリといった。

「やってみないとわからねえだろ?」

「やったの!」

瞳の苛立《いらだ》つ声がスタジオ中に響き渡った。

「小さいころからどんなに伝えても適当にあしらわれた! だから歌にするしかなかったのよ!」

怒りのまなざしを向けられる。

その瞬間、自分の考えが浅かったことに気づく。おれはまた瞳を理解できていなかった。

瞳と母親には長い歴史がある。いろいろあった上で、瞳は「愛してほしい」と母親にいえなくなったんだ。また相手にされずに傷つきたくないんだ。だから、歌で伝えようとするのが精一杯だったんだ。

……おれはほんとにダメなやつだ。またやっちまった。なんでこんなにバカなんだよ。

うつむいたとき、花史が瞳にスケッチブックを見せた。

なんだ?

花史はこんなことをするとは、本番前にいってなかった。

『それでも、もう一度話してみたらどうでしょう？　せっかく目の前でここまで話したんですから』

瞳はスケッチブックを見つめたあと、視線を落とした。

本番開始から今まで、花史がスケッチブックに文字を書いている様子はなかった。

本番前に書いていたのか？　ここまでの展開を予想していた？

それに、『目の前でここまで話した』ってどういうことだ？

そして花史はスケッチブックのページをめくった。


『お母さんの綾瀬摩耶さんと話しましょう』

おれは口をあんぐりと開ける。

瞳は気まずそうな顔をする。綾瀬は微笑していた。

瞳の母親が……綾瀬摩耶？

花史がスケッチブックのページをさらにめくる。

『瞳さんがなぜテレビに出るのか不思議でした。しかも、Mスタではなく「ミッドナイトソングス」に。瞳さんはデビュー以来、歌で綾瀬さんに思いを訴えていた。でも綾瀬さんは自分のことが歌われていると気づかなかった。だから目の前で歌って気づいてもらおうとしたんです』

そういうことか……そう考えると、いろんなことが腑に落ちる。

『誕生日に一緒に観覧車に乗り、プラダの財布をくれて、タバコを吸っていたのは綾瀬さんです。綾瀬さんは瞳さんが小さいころから仕事で忙しかったし、男性とのスキャンダルも多く瞳さんにかまわなかった。「Y」は綾瀬さんの本名のイニシャル。瞳さんは綾瀬さんに自分の気持ちに気づいてもらうため、歌詞にヒントをたくさん入れていました。しかし、気持ちをわかってもらうには話すのが一番です。もう一度だけ、綾瀬さんと正面から向き合ってはどうでしょうか?』

花史は笑みながらスケッチブックを下ろした。

スタジオが静寂に包まれる。

花史の狙いはこれだったのか。

「瞳がすべての曲で母親のことを歌っている」という内容のキャプションをこの場所で公開したら、瞳は綾瀬と対話するしかない。本心を母親に知られて逃げようがないからだ。

瞳はうつむき、なにかを考えているようだった。きっと対話するか迷ってるんだ。

そうだ……頑張れ。

おれはさけんだ。どうでもいいなんて嘘だ。こんなに歌にしてるのは綾瀬にこだわってるからだ。気持ちを押し殺さずにちゃんと伝えないと、ずっと苦しいままだぞ。

「頑張れ、瞳！」

おれを見つめていた瞳は座っている綾瀬摩耶に視線を移す。

そして覚悟を決めたように、キリッとした顔つきで口を開いた。

「お母さんは……昔から自分ファーストだった。母親のイメージがつくと主演の仕事が減るから、わたしをニューヨークで極秘出産してマスコミにわたしの存在を隠した。『学校では綾瀬摩耶の娘だというな』ともいわれたし、授業参観も一度もきてくれなかった」

綾瀬はラブストーリーで独身のヒロインばかりを演じてきた。こどもを産んだと世間に知られたらそのイメージが崩れるかもしれない。だから極秘出産したのか。

「家に帰ってくるのはたまにだけ。わたしが友達や学校のことを話そうとしても、『疲れてるから』といって聞いてくれなかった。何度も『話を聞いて』といったけど相手にされなかった。いつの間にか、わたしは自分の話を伝えられなくなった」

瞳にとっては話を聞いてくれることが愛だったんだ。

「共演俳優とも何度も不倫をして、男に夢中でわたしには愛をくれない。お父さんと離婚したとき、お母さんから愛をもらうことは諦めた。でも、その願いは断ち切れなかった。だから曲にした。いつかわたしの思いに気づいて変わってくれるかもしれない——そんな希望にすがり続けたけど、ずっと気づかなかった。お母さんはわたしに興味がないから」

また相手にされずに傷つくのが怖かったから、歌うことしかできなかった。

「お母さんとは毎年誕生日にだけ会ってたけど、ドタキャンされることもあった。今年もそう。きっとあの俳優と付き合ってるから、わたしを蔑《ないがし》ろにしたのよ」

瞳の気持ちを想像したおれは、今までのことが納得できた。

瞳は母親との関係を通して「他人にわかってもらえない」という恐怖を抱えるようになっちまったんだ。瞳が最初におれたちに心を開かなかったのは、わかってもらえないのが怖かったからだ。そして瞳はおれたちに期待した。自分をわかってくれる人たちかもと。だからこそ、おれが見当違いな解釈をしたときにあんなに怒ったんだ。

「なにをどうしても伝わらない。お母さんは自分のためにしか生きられないのよ！」

瞳は訴えるように叫んだ。

その声には、怒りと悲しみと憎しみが入り交じっていた。だけど根底には「愛してほしい」という強い飢えがある。瞳の歌を聴いているのと同じような感覚になった。

スタジオにいる全員が綾瀬に注目する。そもそもみんな、綾瀬にかくし子がいたという事実を信じられない状態だろう。まだ本人の口からなにも語られていないんだ。

瞳が嘘をついてるわけがないけど、おれもこの二人が親子だとはいまだにどこか信じられない。

少しの沈黙のあと、綾瀬が無表情で瞳にいった。

「……自分のためじゃない」

瞳とは対照的に落ち着いている。

本当に瞳の母親なんだ。出演者たちも観客たちも驚きの表情を浮かべる。

「じゃあ、あなたはなんのために生きてるの？」

瞳があきれたように笑うと、綾瀬はゆっくりと立ち上がり、出演者たちを見つめた。

「皆さん、進行を中断してすいません。もう少しだけ時間をいただいてもいいですか？」

出演者たちは戸惑ったが、年長者である福原が「どうぞ」と笑顔でいうと、ほかの出演者たちもうなずいた。

綾瀬は頭を下げたあと、瞳を見つめた。

「大勢を幸せにするためよ」

瞳は眉を寄せる。

「……は？」

「才能のある人間は大勢を幸せにする義務がある。わたしも瞳も選ばれた人間なの」

瞳は鼻で笑った。

「宗教でも入ってんの？　わたしが歌手になったのは、お母さんがわたしを愛さなかったからでしょ？」

そう、瞳は押さえ込んでいた母親への思いを歌にした。だから歌手になったんじゃないのか？

「わたしにどう育てられようが歌手になってた。四歳のころにわたしの前で歌った自作曲を聴いたとき、必ず歌手になると確信した。おばあちゃんも女優だったでしょ？　瞳には表現の才能があるのよ」

「わたしに才能なんて……」

「曲づくりで悩んだことはある？　表現したいことが溢れてくるでしょ？　努力が嫌だと思ったことは？　仕事が楽しくてしかたないでしょ？」

瞳は考える。おれもこれまでの瞳のことを思い返した。

短い期間に信じられない量の楽曲を制作していたし、曲づくりで苦しんでいる様子もなかった。むしろ、吐き出せてすっきりしているようだった。

「わたしと仲がよかろうが悪かろうが、瞳は表現することを止められたら、きっと死ななければならなかった。才能もあって努力もできるのが、ギフトを与えられた人間なの」

母親に愛をもらえなかった人はいくらでもいるだろうが、瞳はその苦しみを歌にできる。しかも一曲だけで三億回再生。たしかに神に選ばれた人間かもしれない。

瞳は黙っていた。こんな考えをしたことがなかったのだろう。

「……不倫ばっかしてた人間が偉そうにいわないでよ」

「それも仕事のためよ」

「芸の肥やしってこと？」

「不倫なんてしてない。一度も」

瞳は眉間にシワを寄せる。

「役に入ると恋人役を本当に好きになっちゃうのよ。その人と会わないと体調を崩して作品に悪影響が出るから一緒にいてもらうの。相手にも必ずそう伝えてきたから、誰とも恋愛関係になったことはない」

マジかよ……それだけ役に憑依されるのか？

だけど、さっきの綾瀬のリハーサルを見たらそれも信じられる。異常なほど役に入っていたとわかった。

「……初めて聞いた」

「いったら信じた？」

「……」

「マスコミも、瞳のお父さんすら信じなかった。わたしたちがすることは理解されない。瞳にもわかるでしょ？」

瞳と一緒にスカイダイビングやジェットコースターを体験したことを思い出した。瞳のやっていたことも凡人のおれには理解できなかった。

押し黙る瞳に、綾瀬は冷静に話し続ける。

「今まで誕生日に会えなかったのも仕事があったから。この前の電話でも急な仕事が入ったっていったでしょ?」

「嘘だと思ったから……」

「わたしのこと、どんだけ男好きだと思ってたのよ」

綾瀬は笑う。瞳は呆然《ぼうぜん》としていた。

二人の正反対な表情を見て、大きなズレを感じた。この親子がどれだけ対話をしてこなかったのかがわかった。

これほど深く話し合ったことが一度もなかったから、すれ違い続けたんだ。そしてその溝はどんどん大きくなっていった。

なんとなく二人の関係が見えてきた。瞳は気が強く意地っ張りで不器用だ。綾瀬もそうなのかもしれない。だからこそ、二人とも本心をいい合うことがなかったんだ。

「結局は……わたしより仕事が大事だったんでしょ?」

「そういう話じゃないの」

「仕事ばかりとってきたじゃない」

瞳は納得しない。綾瀬が忙しかったことで瞳が愛をもらえなかったと感じたことは事実だ。それが一番の問題なんだ。

綾瀬は一つ息をついた。

「わかった。それが勘違いだって証拠を見せる」

綾瀬はサブの方向を見上げた。

「岩波くん、今撮影しているこの映像、番組で流してちょうだい。数字も取れるし瞳の曲も売れるし、ちょうどいいでしょ？」

瞳が呆気《あっけ》にとられる。

「こどもがいるって知られたら、仕事が減るわよ？」

「減るわけないでしょ。わたしが独身のヒロインしか演じられないと思う？」

瞳は困惑の表情を浮かべた。

「極秘出産したのも、わたしの娘だというなといったのも、瞳にはマスコミに追われない普通の生活をさせたかったからよ。授業参観も仕事がない日は変装して見にいってた。わたしのことを歌ってると知らなかったのも、興味がなかったんじゃなくて、あえて聴かなかったからなの。現実を認めたくなかったから」

「……現実？」

「この仕事の苦しさも知っていたから、瞳には芸能界に入ってほしくなかった。普通の幸せを摑んでほしかったの。でも結局この世界にきた。やっぱり血は争えない。歌を聴いたら瞳も表現者として生きるしかない人間だと認めるしかない。それが……嫌だった」

綾瀬はつらそうに話す。

　さっきの瞳と同じで、たまっていた思いを吐き出しているようだった。

「けど、さっき歌を聴いたときにわかった。悲しいけど認めるしかなかった。それほど胸を打つステージだった」

　綾瀬は悲しそうに微笑んだ。母親らしい顔だった。

「なんでいわなかったのよ⁉」

　瞳の目の周りは涙で濡《ぬ》れていた。

「瞳より仕事を取ってきたのは事実だから。それで離婚もしたし、母親らしいことをいう資格はないと思ってた。でも……いえばよかったね。そこまで瞳を苦しめてるとは思わなかった」

　綾瀬の涙声が裏返った。そして笑いながら「どうすればよかったんだろ」と鼻をすする。

「おばあちゃんよりは……上手くやれてたつもりだったけど……足りなかったみたい。もう遅いかもしれないけど……上手に愛せなくてごめんね」

　泣きながらいう。そこには女優という鎧を完全に脱いだ、弱い綾瀬がいた。

　瞳が綾瀬の胸に飛び込んで抱きついた。今まで迷子になっていて、母親を見つけた瞬間の小さなこどもみたいだった。

「……遅くない。わたしに表現のこと教えてよ」

綾瀬はうなずき、瞳を抱きしめながら背中をポンポンと叩く。

二人とも多くの人に認められている表現者だけど、お互いに最も愛すべき身近な相手には気持ちを表現してこなかった。その原因は生まれながらに持った二人の性格や才能かもしれないし、生まれ育った環境かもしれないし、ほかのものかもしれない。詳しいことはおれにはわからない。

ただ、素直に気持ちを表現し合えば、こうして苦しみから解放されることもあるんだ。その奇跡のような瞬間を見られたことで、おれの胸は熱くなった。

ここから、親子をやり直してくれたら嬉しい。

「これからは、先輩としてアドバイスしてあげる」

そう綾瀬がいうと、

「負けないから。わたしのほうが才能あるし」

瞳が笑顔で返した。

「いったわね。じゃあ、まずは本物の歌ってものを見せようかな」

綾瀬は瞳から離れ、ステージに向かった。

本物の歌？

瞳は歌リハのときは本気じゃなかった。綾瀬もそうだったとしたら……瞳と綾瀬の本気のステージは、どっちがすごいんだ？

おれの胸が期待で熱くなる。綾瀬に熱くさせられたんだ。一瞬でこんな気持ちにさせてくれる綾瀬はやっぱり一流の芸能人だ。

ステージに立った綾瀬が自信に満ちた表情でマイクをかまえた。おれたちは全員、その姿に釘付けになる。この先は一瞬も目が離せない。

女優、綾瀬摩耶の本気のパフォーマンスが始まった。

#3「日本一の音楽番組はつらいよ」

Mスタのスタジオに大きな拍手が鳴り響く。

その音ではっと我に返った。

お馴染みの番組テーマ曲がかかり、観客が手拍子を始める。

一曲目を歌い終わったアーティストがMC席に向かって歩きはじめた。

エモい曲につられて、つい今までのことを思い出しちまった。あんなに頑張ってきたから、今ここに立ててる。おれたちの努力が実ったんだ。

カメラが司会者に寄る。隣にいた男性アイドルが司会者に顔を寄せてCMに入った。小さいころから何度も目にしてきた光景だ。

夢じゃねえ。これは現実なんだ。

「了くん、泣いてるんですか？」

花史に顔をのぞき込まれ、おれは涙でにじむ目をこすった。

「だってよ、おれたちMスタに入れるんだぜ？」

「特番を一回お手伝いするだけです」

花史が冷静にいう。

人がいい気分で浸ってたのに。こいつは意外と現実主義者なんだよな。

「わかってるよ。それでもすごいだろ？」

「いいえ。ぼくらにとって、この仕事はただの通過点です」

さらっという。おれたちが日本一の放送作家になることを少しも疑ってない。相変わらず頼もしい相棒だぜ。

「だな。ここで結果を出して、さくっとレギュラー作家になるぜ！」

「はい！」

毎年、今最も活躍しているアーティスト三十組が千葉のライブ施設で歌う四時間の生放送特番、「Ｍスタスーパーフェス」。どでかい音楽イベントだ。

今から三週間後に放送されるのだが、今年は三十分程度のランキングＶＴＲも流される。このキャプションとアーティストの取材を手伝ってほしいと、一週間前に西と岩波に頼まれた。

西も岩波も、以前からおれと花史をＭスタのプロデューサー陣に推薦しようとしていたらしい。そして今回、企画内容の決定が遅れたこともあり、急遽《きゅうきょ》人手が必要になったためにおれたちをねじ込めたそうだ。

今回しっかり仕事ができたらレギュラー作家として推薦しやすいという。園原一二三にとって、この特番は査定試合みたいなもんだ。

この特番会議は、Ｍスタの生放送直後にやっている「反省会」と一緒に行われる。

そしておれと花史は、西と岩波に誘われ、Ｍスタのレギュラー放送を見学させてもらってたってわけだ。


生放送が終わり、アーティストたちがスタジオから出ていく。

おれたちも出て会議室に向かうと、ロビーのソファにチャイが座っていた。

「チャイさん、おつかれさまです。ここにいたんすか？」

スタジオでチャイをずっと探していたが見つけられなかった。

「おつかれさまです。テレビで観たほうが客観的になれるので」

ロビーのでかいテレビで観ていたようだ。

ディレクターのチャイはＭスタのＶＴＲ企画を担当している。おれと花史が担当するスーパーフェスのＶＴＲ企画も、チャイが担当するそうだ。

「真奏もどっかで観てたんすかね？」

「いつも一階のどこかで観てるので、もうすぐくるはずです」

今から行われる反省会では担当作家たちが一人ずつ感想をいう。

番組の感想を制作陣にいうのも作家の仕事の一つだが、これはかなり難しい。

最近はSNSにテレビ番組の文句を書くやつも多いけど文句だけなら誰でもいえる。

おれたち作家は、問題の本質を制作陣に伝えないといけない。

たとえば、「トークがつまらない」という感想ではなく、「どうつまらなかったか」を言語化しないといけないんだ。

つまらないにもいろいろある。熱がなくてつまらなかった、盛り上がらなくてつまらなかった、オチを先にいってしまったからつまらなかった――まずは、一般人では気づかないような「なぜつまらなかったのか？」という問題の本質にたどり着かないといけない。

その上で、「どうすればよかったのか？」も提案する。

しかも、制作陣の立場も考えないといけない。おれもミッドナイトの会議で岩波から番組の感想を求められるけど、制作陣にはいろんな事情がある。岩波が前にいっていたように、「自分がタレントっぽく映るのを嫌がるアーティストもいる」などの事情もわかった上で改善案をいわないと意味がない。

だからおれはいつも感想には悩むのだけど、ミッドナイトの会議はオンエアの五日後だから考える時間がある。でもMスタはオンエア直後だ。

さらに反省会には三十人以上のスタッフがいる。そんな会議で自分が感想をいわなければいけなかったら……考えただけで吐き気がしてきたぞ。

ちなみに、さすがは日本一有名な音楽番組だけあって、おれは今日の生放送では気になる点を一つも見つけられなかった。きっと制作スタッフが優秀だからだ。

花史はどうだろう？

顔を見ると、天使みたいな微笑みをおれに向けた。

何個も見つけている気がする。凹《へこ》むから訊くのはよそう。

「そういえば、真奏とチャイさんってもう長いんすよね」

「はい。同じ師匠を持つ兄妹《きょうだい》弟子ってところですね」

「師匠が一緒なんすか？」

「二人とも、当時所属していた制作会社の社長に仕事を教えてもらったんです。すごく才能のある演出家でした」

作家なのに師匠が演出家か。とはいえ、たしかに演出家の植田や岩波と仕事をしていると勉強になるもんな。

そんなことを考えていたら、

「女将さん！」

チャイがいった。視線を追うと、喜明の女将が台車を押して廊下を歩いていた。

チャイに気づいた女将は、おれたちの前まできて立ち止まる。

「あら、皆さんお揃いで」

相変わらず上品な微笑みだ。

「こんな時間に配達ですか？」とチャイが台車を見る。

「どうしてもって頼まれたから、つい引き受けちゃった」

女将が小さく舌を出す。台車に弁当が載ってないから、どこかの番組に届けたばかりなんだろう。夜はやってないらしいけど、人がよさそうだから断れなかったんだ。

「女将さん、紹介したい人がいるんですが、ちょっといいですか？」

チャイは女将を連れて廊下を歩いていった。きっとＭスタのプロデューサーにでも紹介するつもりだ。チャイはほんとに喜明が好きだな。

さっき女将が歩いてきた廊下の奥から、今度は真奏が歩いてきた。

「真奏、おつかれ」

「おつかれさま。今チャイさんいなかった？」

廊下の奥から見えてたのか。

「ああ。用事があっていっちまった。真奏、スーパーフェスよろしくな」

いうと、真奏は急によそよそしくなった。

「こちらこそ。今度こそ立ち上がれないほどの差を見せるけど」

そっぽを向いて冷たくいう。

真奏は自分がのし上がるためにほかの若手作家を目立たせたくない。おれたちがスーパーフェスに入ることも嫌なのだろう。

「そういうなよ。死ぬ気で手伝うからよ」

スーパーフェスのVTRとアーティスト取材は真奏も担当する。

今年のスーパーフェスは、全体のテーマもVTR企画も真奏が立案した。テーマは「今踊りたいダンスソング」。アーティストはダンスソングを披露し、VTR企画も「今踊りたいダンスソングBEST20」だ。真奏はライブの演出案まで考えてこの企画を通したらしい。

真奏との共同作業だから、プロデューサー陣には園原一二三の実力をどれだけアピールできるかわからない。それでも、全力で頑張るしかない。これはチャンスなんだ。

三人で会議室に向かおうとすると、「真奏さん！」という声がした。

さっきまでMスタを放送していたスタジオから二人の美女が出てきた。そして駆け寄ってきて、「ありがとうございました」と真奏にいう。女性たちは真奏と少し話してから帰っていった。

「真奏、バックダンサーさんと友達なのか？」

彼女たちの後ろ姿を見ながらいう。派手目な服装で歳はおれと同じか少し下くらい。あんな人たちスタジオでは見なかったような……？

「知り合いのモデルさんたち。番組観覧席で観させてあげたの」

「そんなことしていいのか？」

観客は番組観覧募集に応募して当たった一般人だけだと思っていた。

「ええ。募集概要にもピッタリだし」

「募集概要？」

すると花史はスケッチブックに文字を書いた。

『Mスタの観覧客は十八歳から二十五歳の女性だけを募集しています』

「マジか？」

「花史くん、よく知ってるわね」

真奏がいった。

そういわれると、Mスタの観覧席にはいつも若い女性しかいないな。

「なんで若い女性に制限してんだ？」

「画面が綺麗になるから。日給五千円でモデルさんを雇ってる番組もあるわ」

思い返すと、たしかにほかの番組の観覧席もおっさんは映ってないな。

観客を雇うか。なんかモヤモヤするけど……おれもおっさんよりも若い女性が映ってたほうが番組を観る気にはなる。これも数字のためか。

会議室に入ると、三人の大御所作家がすでに座っていた。

すぐに西や岩波も含めた制作スタッフたちも入ってくる。チャイも入り、総勢三十人以上が会議室に集まった。これだけ大人数の会議は初めてだ。

コの字に置かれたテーブルに作家陣と制作陣が向き合って座る。おれと花史も真奏の隣の席に着いた。奥の席にはプロデューサーが三人。

すぐに反省会が始まった。番組が終わってから十五分しか経ってない。真奏はおれや女性たちに話しかけられていたから、感想をまとめる時間もぜんぜんなかったはずだ。しかも、三人の作家のあとに感想をいわないといけない。ほかの作家ともかぶらず、制作陣が納得する感想なんていえるのかよ？

なんて心配をしていたのだけど、

「東野《ひがしの》ナナさんのスタジオトーク、私物を写真で紹介するのは五つではなく三つでよかったと反省しました。トーク尺が足りなくて駆け足になっちゃいましたね」

真奏は可愛く微笑み、大御所作家たちとはまったく違う感想をいった。

おれは口をあんぐりと開ける。

いわれてみたらそのとおりだ。トークが早すぎて頭に入りにくかった。予定していた尺に納めるために早口になってたんだ。さらに、これだけでは終わらなかった。

「アルバムランキングのＶ終わり、ｋａｏｒｉさんが初めて一位をとったから嬉し泣きしてましたよね。竹下《たけした》アナが心境を訊いてもよかったです」

「チャイさん担当の名曲ランキングのコーナー、今後はトップ3の前にアーティストのフラッシュ映像を流して、『果たして一位は?』とナレーションで煽ったらどうでしょう。もっとワクワクすると思います」

「kaoriさんの旅行トーク、オーストラリアの崖《がけ》に立っていた写真を見せてくれましたが、高さがわかりませんでした。番組側で高さのわかる写真も用意したら、もっと驚けて盛り上がりました。台本を書いた段階で気づけなかったので反省しています」

大御所作家たちは問題点と改善案のみをいっていたけど、真奏はさらに自分も制作スタッフの一員として反省していた。

大御所作家たちが話していた間は会議室がピリついていたけど、真奏の感想の時間はスタッフから笑い声ももれた。真奏の感想は会議室の空気をおだやかにした。スタッフも真奏の意見にアイデアを重ねていた。

三人のプロデューサーも感想をいったあと、その中の一人が、

「次はスーパーフェスについて。制作陣からなにかありますか?」

と口にすると、西がチーフ作家にいった。

「スタジオ台本の第一稿をお願いしてもいいでしょうか?」

すると、すぐに真奏がチーフ作家にいう。

「わたしが書くので直してもらっていいですか？」
チーフ作家は了承した。
真奏が書いた台本をチーフ作家がチェックしてから西に出すってことか？
チーフ作家の弟子でもないのに、なんでそんなことしてやるんだ？
疑問に思っていると、会議室の扉が開いた。
「いやあ、遅れてすんません」
関西弁でいった男はチャイの隣に座った。眼鏡をかけて細身。四十代くらいに見える。
そのとき、やばい空気を感じた。
喧嘩《けんか》の相手が殴りかかってくる直前に放つ、ビリビリとした殺気だ。
関西弁の男からじゃない。おれの隣からだ。
真奏が眼鏡の男を見つめていた。
無表情だけど、その瞳は燃えさかっていた。
情熱や闘志といった美しい炎じゃない。
にごった汚い炎だ。執念に満ちた、どす黒い業火——。
ラーメン屋台で見せた瞳と同じだ。
なんであの男にこんな目を向けるんだ？
「皆さんにご紹介します」

西の声でおれは我に返る。

「スーパーフェスのランキングＶＴＲを担当する、ディレクターの梅林《うめばやし》さんです」

「よろしくお願いします」

梅林がニタリと笑った。細い目がよけいに細くなる。

ランキングＶＴＲ？　担当ディレクターはチャイだったはずだ。

チャイは驚いた顔をしていた。梅林が入ると聞いてなかったんだ。

「ご紹介が遅れましたが、大城さんと乙木さんのコンビ作家、園原一二三さんにもＶＴＲを手伝っていただきます」

西に紹介され、おれと花史は会釈する。

ってことは、これって……。

「ランキングＶＴＲは二チームで制作してください。チャイさんと真奏さんチーム、梅林さんと園原さんチームです」

やっぱりだ。

企画が決まるのが遅かったからＶＴＲの作業も遅れていると西がいっていた。だから梅林を入れたのか。

おれの胸が躍る。つまり、これで真奏と真っ正面から戦えるってことだ。

会議が終わり、スタッフたちが出ていく。

一緒に組むディレクターなんだから、まずは挨拶をしなきゃな。

おれと花史は梅林の席までいって、「梅林さん」と声をかける。

けれど梅林はおれたちに気づかず、スマホを両手でいじっていた。

スマホゲームをしている。首を前に突き出し、血眼で熱中していた。指がものすごい速さで動いている。かなりのゲーマーだ。

おれが困っていると、「お久しぶりです、梅林さん」と真奏が笑顔で声をかける。

梅林は顔を上げ、スマホを置いた。

「ああ、真奏さん、ご無沙汰《ぶさた》してます」

そういって笑顔を見せる。

やっぱり知り合いか。でも普通に会話してる。真奏のさっきの顔はなんだったんだ？

「チャイさんもご無沙汰です」梅林は隣に座っていたチャイにもいう。

「お久しぶりです」とチャイも返したが、心なしか笑顔がこわばっていた。

「園原さんは初めましてですね。よろしくお願いします」

梅林と名刺交換した。梅林泰男《やすお》。フリーのディレクターのようだ。

「相変わらず、ゲームがお好きなんですね」

真奏が楽しげにいった。

「いやあ、完全に廃人ですわ。さっきのゲームには三千万ほど課金してますよ」

「三千万⁉」

おれは声をあげる。

「負けず嫌いなんで、ついね」

梅林は少し照れながら頭をかく。

てへって感じの顔だけど、ぜんぜん可愛くねえぞ。三千万なんてマンションが買えるだろ……ゲーム好きでも負けず嫌いでも、どのみち異常だ。

でも、それだけ稼いでるってことか。そうとう優秀かもしれない。

「皆さん、お知り合いなんすか？」

おれが訊くと、梅林が「ええ」とうなずき、

「ずいぶん前に、同じ番組をやってました。お二人とも優秀でしたよ」

「梅林さんこそ」

真奏ははにかんだ。

四人で軽く相談し、上位十曲は梅林チーム、下位十曲はチャイチームが担当することに

なった。

「ほな、これで失礼します」

帰ろうとする梅林に、あわてて声をかける。

「梅林さん、キャプションの方向性は?」

来週の会議で、梅林は上位十曲のキャプションをみんなに見せる。

そのキャプションはおれと花史がつくる。一曲につき二、三個ずつを挙げて梅林に選んでもらうというやりかたが普通だ。

だがキャプションはディレクターの好みで完成形が変わる。記録や現象などの情報が好きな人もいれば、歌詞が好きな人もいる。

だからおれと花史は、ミッドナイトでキャプションをつくるときは最初にディレクターと方向性をきっちりと相談する。そうしないとやり直しを頼まれることもあるからだ。

しかし梅林は、「お任せします。三日後までにください」といった。そして、

「次あるんで失礼します」

止める暇もなく、足早に会議室を出ていった。

ぜんぜん話してねえけど、いいのか?

「わたしたちもこれで。チャイさん、ロビーで打ち合わせしましょう」

「あ、はい」

チャイは戸惑いつつおれと花史に「おつかれさまでした」といって真奏についていく。

みんなせっかちだな……そうだ。これだけはいっとかねえと。

「真奏、数字を取ったほうが勝ちだな」

ＶＴＲは二チームでつくることになった。

梅林チームがチャイチームに視聴率で勝てば、園原一二三の実力もアピールできる。真奏もおれたちを番組に入れたくなければ梅林チームに数字で勝てばいい。これで勝負がわかりやすくなった。

真奏が振り返る。

いいぜ。また悪態《あくたい》をついてくれ。そのほうがおれも燃えるからよ！

そう期待していたら、

「わたしたちは絶対に負けない」

真奏は切実な瞳をおれに向けた。

そして「チャイさん、いきましょう」といって会議室を出ていった。

チャイもおれと花史に会釈して出ていく。

「……なんであんなにシリアスなんだよ？」

おれは頭をかいた。

鼻で笑われると思ってたのに。調子が狂うぜ。

「女心は猫の目です」

「どういう意味だ？」

「猫の瞳孔の形が光によって変わるように、女心はすぐ変わりやすいという意味です」

おれは腕を組んだ。

「真奏はマジでそうだよな」

「芽ぐむプロジェクト」で真奏はおれたちを蹴落とそうとした。けど、自分の魅力をわからなかった楠瀬の苦しみを理解していた。

ミッドナイトで戦ったときも花史の苦しみを見抜き、病院に連れてってくれた。花史のように、真奏の中にも天使と悪魔がいる。だからこそ憎みきれないんだ。

「了くん」と顔をのぞき込まれる。

「今は真奏さんに勝つことを考えましょう」

真奏に『あなたを殺します』なんて伝えたときはビビったけど、あれから花史は真奏になにもしていない。こうしてライバル扱いするくらいなら問題ない。心配しすぎだったかもしれない。

「そうだな。勝つといえば、ディレクターとの仕事も真剣勝負だよな。キャプションの方向性はおれたちで決めるか？」

「決めましょう。梅林さんを納得させる仕事をすればいいだけです」

「だよな。おれたちにもプライドがある」

「はい。プライドがあります！」

そう、おれたちにも音楽番組を勉強してきたプライドがある。その成果を見せるときがきた。真奏にもさんざんやられてきたけど、おれたちはこの数ヵ月で成長したんだ。

「真奏にも梅林さんにも、絶対に勝つぜ！」

「はい！」

なんて、意気込んでいたのだけれども——。


「また負けた」

おれは首をたれながらレコード会社の自社ビルを出た。

前を歩いていた西と真奏と花史が振り返る。

「大城さんもよかったですよ」

西にフォローされる。

「どこがすか？」

西は笑顔のまま固まった。そんなに見つからねえのか。

「最初の挨拶は元気でよかったよ」

真奏は余裕の笑みを見せた。勝ち誇ってやがる。

『興味津々にうなずくのもよかったです』

花史もスケッチブックを見せてくる。

「誰でもできるだろ⁉」

三人が笑った。

くそ……でも後悔してねえぞ。ベストは尽くした。恥ずかしいことはしていない。

四人で最寄り駅へと向かう。

ここ数日、おれたちはスーパーフェスに出演するアーティストたちを取材している。

今日も四組を取材し、残りは二組だけだ。

この取材にはMスタのプロデューサーも同席することがあったため、なんとか園原一二三の力を見せたかったのだが、今のところ真奏の一人勝ちだ。

真奏の取材力はやばかった。

一番すごいのは、反省会でも見せた気配りだ。

真奏は取材相手の性格をよく理解し、近況も完璧に頭に入れていた。その上で、アーティストの気持ちに寄り添ったトークを組み立てようとする。アーティストの嫌がることや損をすることは台本にしようとしない。

以前から西に聞いていたのだけど、真奏はほかの音楽番組や音楽イベントでも親身になってアーティストのことを考えるそうだ。そのため多くのアーティストから信頼されているらしい。

その代表格が、横須賀《よこすか》出身のヒップホップグループ、Ｙｏｋｏｓｋｙだ。

１ＤＪ、２ＭＣ、３ダンサーの幼《おさな》なじみによる六人組。メンバーの年齢は三十歳前後とまだ若いけど、ラップとダンスを融合させたパフォーマンスが国内外から高い評価を受けている。

おれもファンなのだが、彼らの実力はマジでやばい。

ＤＪはロンドンのＤＪ世界大会で優勝し、ラッパーは二人ともフリースタイルの大会で日本一になった。三人のダンサーはパリで行われている世界最大級のダンスバトルに五年連続でチーム優勝し殿堂入り。この五年、ＭＣもダンサーも「強すぎる」という理由でバトル大会には一切出場していない。

地元で名の知れた不良だった彼らは昔から仲間だけを信じ、楽曲販売やライブなども自分たちで運営。テレビ出演もすべて断ってきた。彼らの生パフォーマンスが観られるのはライブだけだから、一万人を超えるドーム公演のチケットも三分で売り切れる。

そんな彼らは、去年の夏フェスでステージ構成をしていた真奏と出会い、ライブ構成を頼むようになったそうだ。真奏はＹｏｋｏｓｋｙにＭスタの出演依頼もしたことがないらしい。出演させたら真奏の評価も上がるけど、アーティストが嫌がることをしない。そんなところも信頼されているのだろう。

西が駅前で立ち止まる。

「あとの取材は作家陣にお任せしますね」

西のスケジュールの都合で、残り二組は作家陣のみで取材する。

「任せといてください！」

張り切って答えると、西は一人駅に向かった。

「このあとの取材、よろしくね」

素になった真奏がそっ気なくいう。このデレツンにももはや慣れた。

真奏もスケジュールの都合で、今日はこのあとの取材にこられない。

「ああ……しかし、すげえな真奏は。あんなに信頼されてよ」

さっき取材した大御所バンドも「ぜんぶ真奏ちゃんに任せるよ」と上機嫌にいって信用しきっていた。ぜんぶ真奏に取材してもらったほうが上手くいくから、おれも余分な質問はせずに黙ってるしかなかった。

けれど真奏は、「ただの自己演出よ」と冷めた声を出した。

「のし上がるために愛嬌《あいきょう》を振りまいてるだけ。わたしは彼らを利用して彼らもわたしを利用してる。それだけよ」

「……そっか」

真奏は「じゃあ、よろしくね」と無表情でいって駅に向かった。

ぴんと伸びた背中を見つめながら、おれは少し笑った。

やっぱり真奏の目的は、放送作家としてのし上がることらしい。

円山町《まるやまちょう》のクラブに入ると、大音量の音楽がかかる中で大勢の客が盛り上がっていた。

みんな踊っていない。フロアの中心にいる誰かに歓声をあげている。

八人の少女たちが、ブレイクダンスを踊っていた。

あのオーディションで選ばれてデビューしたＭＥＧＵ－ＭＵだ。

最終審査の舞台で身長をカミングアウトした楠瀬夢依もいた。

一ヵ月前にデビューしたＭＥＧＵ－ＭＵは、あのオーディション番組が話題になりデビュー曲がいきなり大ヒット。早くも年間ダウンロード売上一位を記録している。新人のスーパーフェス出演は異例だが、ＭＥＧＵ－ＭＵはそれだけのムーブメントを起こした。

とはいえ、そのパフォーマンスはまだ荒削りなため、デビュー前から自ら希望し、腕を上げるためにこうしたダンスバトルに出場して即興ダンスを披露しているそうだ。

ＭＥＧＵ－ＭＵの目の前には対戦チームの男たちが立っている。

このダンスバトルのルールは真奏から聞いていた。二つのチームがＤＪのかける音楽に合わせ一分間ずつ即興ダンスを披露。八ラウンドまで続けて、最後に観客の声援の大きさで勝敗が決まる。

ＭＥＧＵ－ＭＵのメンバーたちはすごい速さで左右前後にステップを踏んだり、フロアに背中をつけてくるくると回ったりする。すげえ。女の子のダンスのレベルじゃねえぞ。

さらに、全員がピッタリと動きを合わせながら次々に技を繰り出す。

即興でよくこんなに合わせられるなと感心していると、全員でステップを踏んでいるときに、一人だけ違う動きをしたメンバーがいた。

楠瀬だ。

そのミスをきっかけに、楠瀬は何度もみんなと違う動きをしてしまう。

楠瀬は引きつった笑顔で踊り続け、そのままダンスバトルは終了。観客の声援による判定で、ＭＥＧＵ－ＭＵの負けが決まった。

おれと花史はクラブの楽屋を借りてＭＥＧＵ－ＭＵの取材をしていた。

スーパーフェスでアーティストに歌前にしてもらうトークは一組につき一分程度だ。メンバーを一人ずつ楽屋に呼び出して話を聞いていくが、本番の台本に採用されるのは最もおもしろい一人の話だけ。

音楽番組のトークは、十取材しても一しか使わない。取材される側は面倒なはずなのに、みんな一生懸命に話してくれる。

MEGU-MUには「デビューから一ヵ月経った今の心境」についてトークしてもらう予定だ。

最初に取材したのは楠瀬だった。

あのオーディション以来会っていなかったが、少し疲れているように見えた。

「デビューして一ヵ月だけど、どうすか?」

「メンバーたちと一緒の時間が楽しいです。最近は、YouTube企画が特に」

疲れてはいそうだけど、楽しそうでほっとした。

「企画は真奏が考えてるんだっけ?」

「はい。メンバーの魅力を引き出してくれるんです。パフォーマンス面でも的確なアドバイスをくれるので、真奏さんはみんなに信頼されてます」

音楽に詳しい真奏はMEGU-MUの座付き作家もしている。

楠瀬がデビューしたら苦しむといってたけど、なんだかんだで優しくしているようだ。

「じゃあ、充実してるんだ？」

「はい……ただ、つらいこともあります」

楠瀬はうつむいた。

「みんなより歌とダンスが下手なんです。だったらせめて失敗しないようにって考えると、余計に失敗も多くなって……それでさっきもミスっちゃいました」

落ち込む楠瀬を見て胸が痛くなった。実力不足で悪循環になってんのか。

でも、楠瀬なら大丈夫だ。

「それでも、歌とダンスは好きなんだろ？」

そう、好きならなんとかなる。

おれもテレビが好きだからつらくても耐えられるんだ。楠瀬はあのオーディションで歌とダンスが好きだといっていた。

ところが、楠瀬は気まずそうに笑った。

「好きじゃなかったかもしれません」

おれが目を丸くすると、「好きは好きなんですけど」と慌てていい直す。

「メンバーと比べると、わたしの『好き』は小さかったんだなって、よく思うんです」

好きが……小さい？

「たとえば、どんなときに？」

「みんな、とにかく歌とダンスのオタクなんですよ。世界中の有名アーティストを研究して新しい技を取り入れる。音楽の知識もすごくて話についていけないんです。わたしの『好き』は一般人レベルだったんです」

楠瀬はだんだん声を小さくし、肩を落とした。

歌とダンスがものすごく好きならいろんなことを知りたいし、知識もどんどん吸収できるってことか？　そう考えると、ちょっと好きなやつよりも、すごく好きなやつのほうが強いな。

ちょっと待てよ。

MEGU-MUのほかのメンバーたちが最初に地下アイドルじゃなく大手の事務所に所属を選んだのも、アイドルが好きで業界を研究していたからとも考えられんのか？　すごく好きなやつは自然と戦略も立てるのか……真奏も似たようなことといってたな。ってことは、真奏はあのオーディションの時点で、楠瀬がそこまで歌とダンスが好きじゃないと見抜いてたのかよ？

結果的に楠瀬は真奏のいったとおり苦労している。だから真奏は、楠瀬を苦しませないために落とそうとした……あれ？

もしかしておれは、楠瀬にとんでもなくズレたお節介《せっかい》を焼いたのか？　おれが余計なことをしなければ、楠瀬は苦しまなかった？

……いや。待てよ、待て待て。そうじゃない。頑張ったら無理なことはねえんだ。ここから這い上がる方法もあるだろ？

楠瀬の力になりたい。でも……好きじゃなかったらどうしたらいいんだ？　好きになろうとしてなれるもんでもないだろ？　そこまで好きじゃないやつは、好きなやつにどうやって勝てばいいんだよ？

悩んでいると、「でも大丈夫です」と、楠瀬が顔を上げた。

「真奏さんに、アドバイスをもらったんです」

明るくて力強い声。表情もやる気に満ち溢れていた。

「なんて？」

「『自分だけの特技を見つけたら？』って。『それは少しでも好きなものがいい』といってくれました。最近、やっとそれを見つけたんです」

歌とダンスで劣《おと》るなら、オリジナルな武器を探せばいいのか。

真奏は楠瀬を放っておけなかったんだ。

ただ、歌とダンス以外の特技ってトークか？　それとも、けん玉とか早口言葉？

「どんな特技なの？」

楠瀬はその特技を見せてくれた。

「おお……」とおれは驚き、花史も楠瀬に見入った。

最近はこの特技の練習を重点的にしているという。しかもつい先日、大会でも優勝したそうだ。真奏にはもっと上手くなってから披露したいらしいけど、十分上手かった。

楠瀬は強い。おれが心配する必要もなかった。この子なら、きっとやっていける。信じているものがあるからだ。

「相変わらず、努力は報われるって信じてるんだ?」

「信じてます」

楠瀬は太陽みたいな笑顔を見せた。

「おれもそう思うよ。一緒に頑張ろうぜ!」

「はい!」

才能のあるやつだけが成功できる世界なんて不公平すぎる。

誠実に頑張れば誰もが報われるんだ。

楠瀬を見ていると、この世界がそんな構造になっていると信じたくなる。

「いえーい！　こっこだよー！」

キャップにサングラス姿の金髪の女の子が、森林公園の入り口で両手を上げてぴょんぴょんと跳びはねる。小顔でスラッとしてて、ただでさえ芸能人オーラが溢れてるのに、その上あそこまで騒いだらばれるだろ？

案の定、おれと花史と真奏がたどり着く前に、その子はファンに声をかけられた。サインを一枚書いたら、人が集まってきて大行列になった。

最後に取材するアーティストは、令和の歌姫、愛宕瞳だ。

ミッドナイトで自分は綾瀬摩耶の娘だと発表した瞳は、さらに注目を集めていた。ただ、瞳は親の七光りじゃない。もともと人気があったし、今もクオリティの高い楽曲を次々と発表している。最近は母親以外のことも歌い、曲の幅も広がっていた。以前から日本の大物アーティストたちに才能を認められていたが、最新アルバムの中でＹｏｋｏｓｋｙとのコラボ曲も発表し、リーダーのｏｓａｍｕからもそのセンスをベタ褒めされた。

さらにひと月前、瞳はＹｏｕＴｕｂｅで英語の即興ラップを披露。それを観たアメリカの歌姫が、ＳＮＳで瞳を天才だと絶賛して世界規模で大きな話題になった。

全員にサインを書き終えたところを見計らい、おれたちは瞳を連れて逃げるように公園に入った。

「あんなでかい声出すからだよ」

木々の生い茂る園内を歩きながら瞳にいう。

「外で遊ぶの久しぶりなんだもん」

瞳は楽しげに伸びをした。

テレビには興味がないのに、おれと花史とまた一緒に仕事をしたいという理由で、瞳はスーパーフェスへの出演を決めた。

今日は瞳にとって久々の休日だったが、ほかに空いている時間がないために取材をさせてくれることになったんだ。

歩いていると大きな池が目に入り、

「あれ乗りたい！」と瞳がボート乗り場を指さす。

二人乗りのためにてっきりおれが誘われると思ったら、

「花史くん、乗ろ」

はずんだ声で花史の顔をのぞき込んだ。

「おれじゃねえのかよ？」

「前から会って話したかったの。たまにＬＩＮＥすると返事もおもしろいし」

「花史と連絡とってたのか？」そんなことは知らなかった。

「うん。最近は返信の文字数が増えたよ。それでも超短いけど」

人見知りの花史がな……同い年ですごいやつ同士だから話も合うのかもな。

「花史、どうする？」

訊くと花史は恥ずかしそうにうなずいた。嫌がっていない。

花史の成長のためにも任せるか。声は出せないだろうがスケッチブックで会話はできる。

「じゃあ乗ってこいよ。花史、取材もよろしくな」

花史はまた恥ずかしそうにうなずき、二人はボート乗り場にいった。

「VTRの調子はどうだ？」

おれは真奏に訊く。

「敵にいうと思う？」

尖った声で突き放され、おれは少し笑う。

「ライバルだけど敵じゃねえだろ？」

正々堂々と戦って、お互いにおもしろいVTRをつくればいいだけだ。こんな話くらいは普通にしたい。

けどまあ、それはおれの考えかただな。強要はしたくない。

「いいたくなければいいけどよ」

おれは明るくいう。

しばらくおれを見つめたあと、真奏は小さく息をついた。そして、

「チャイさんが街頭インタビューで苦労してる」

浮かない顔をする。

「やっぱそうか」

おれは頭をかいた。

今回のランキングVTRでは、ランクインした曲が発表される前に、一般人がその曲の印象を語っている街頭インタビュー映像が流れる。

たとえば、十位の曲を発表する前に、

「ドラマのエンディングで出演者たちが踊っていたダンス動画が好き」

というコメント映像が流れる。

こうすることで、視聴者に「十位はどの曲なんだ?」と予想してもらい夢中にさせ、視聴率を上昇させる。それが制作陣の狙いだ。

一曲につき二、三個、気になるヒントとなるコメントがほしい。十曲だと二十〜三十人のコメントが必要だ。

しかし、街頭で「この曲についてどう思います?」と一般人に質問しても、理想のコメントはなかなかでない。おそらく百人や二百人の聞き込みじゃ足りない。かなり大変なロケのはずだ。

「わたしも手伝ってるけど、やっぱり難しい」

「ロケもいってんのか?」

「うん。チャイさんとは戦友だから」

真奏は優しい顔をした。

十八から作家をやってんだよな。二十六歳だから、もう八年か。厳しいテレビ業界でそんだけ一緒にやってたら、たしかに戦友だな。

「となると、真奏にも喜明さん推しが激しいだろ？」

「なにそれ？」

知らないのか。

「チャイさん激推しの弁当屋。Ｍスタにもミッドナイトにも紹介したんだよ」

「へえ、チャイさんお弁当マニアなんだ。ミッドナイトの収録では食べてるけど、たしかに美味しいよね、あのお弁当」

そういって自然な笑顔を見せる。変につくり込んでない笑顔は初めて見たから、心が暖かくなった。

こうして話していると、やっぱり悪いやつとは思えない。

「そっちのロケは順調？」

「どうだろうな」

思い出したら憂鬱になり、ついため息が出た。

真奏は眉を寄せた。

「梅林さんと話してないの？」

「昨日の会議もすぐ帰っちまったからな。ロケの進み具合もわからねえ」

あれからキャプションをメールで送り、必要ならおれたちもロケを手伝うとも伝えたが、なんの連絡もないまま、昨日スーパーフェスの二回目の会議を迎えた。

そこで梅林のキャプション入りのVTRを観たおれは驚いた。

おれと花史のキャプションが半分も使われていなかったんだ。半分以上、おそらく梅林が自分で調べてつくったキャプションが書かれていた。

そのキャプションを見てわかったのだが、梅林の好みはかなりマニアックで、クスッとしてしまう曲の制作エピソードが多かった。

だけど、それらは特にめずらしい情報ではなく、おれと花史があえてスルーして出さなかったものだ。おれと花史は、どの音楽番組でも使われたことのない、へえと思えるキャプションをおもしろいと思っている。

今はあまり梅林の役には立っていないが、自分たちが適当な仕事をしたとも思っていなかったために、なんだかもやもやとしていた。

そのことを真奏に話し、

「やり直してもよかったけどその連絡もこなかった。あんな素《そ》っ気《け》ないディレクターは初めてだよ」

ふてくされるようにいう。

『キャプションどうでした?』ってしつこくメールしなかったんだ?」

「しねえよ」

おれは顔をしかめる。

「意外。意地でも距離を詰めそうなのに」

真奏は少し笑った。

いつもならもっと詰めてる。ディレクターと作家はコミュニケーションをとったほうがVTRのクオリティが上がると思うからだ。けど梅林にはそうしたくない。

「おれたちにもプライドがあんだよ。挨拶にいったのも、キャプションの方向性を訊いたのもおれたち。これ以上、腰を低くしたら舐《な》められるだろ?」

こっちから歩み寄ってばっかだけど、作家の仕事はディレクターから頼まれるのが普通だ。作家が腰を低くしすぎると、ディレクターによっては作家の意見を聞いてくれなくなるしADの作業も頼んでくる。舐められすぎもよくない。

「作家は舐められたら終わりだからね」

「だろ?」

真奏もやっぱりそう思ってた。

ズルすぎるのはよくねえけど、自分を守るためには自己演出が必要なこともある。

「……ほかに変わったことは?」

「変わったこと?　なにが?」

「ないならいいの」

真奏はぱっと顔を明るくさせた。

「梅林さんが会議が終わってすぐ帰るのは、番組を何本も掛け持ちしてるからよ。昔もそうだった」

忙しくて作家と話す時間もないってことか。スマホゲームもやって忙しそうだしな。

もともとそういう人なら、この距離感でいいか。

「真奏も忙しいだろ。今日もおれたちに任せればよかったのに」

そういうと、急に真奏は真剣な顔になった。

「君と話したかったから」

「は?」

「君のことを知りたいの」

真奏はでかい瞳でおれをまっすぐ見上げる。

まさか……。

おれの胸がドクンと音を立てた。

池のそばのベンチに座るなり、真奏がいった。

「君のことを教えてほしい」

前のめりになって顔を近づけられ、またドキッとする。

間近で見るとやっぱ美形だな。アニメキャラみたいだ。なにをどうしたらこんなに綺麗な顔に生まれるんだ？

「おれの……なにを？」

ケツを上げて少し距離を取った。

だが、すぐにまた詰めてくる。

「どんな家で育ったのか、どんな学生だったのか、なんで放送作家を目指したのか、花史くんとどう出会って、どう絆《きずな》を深めてきたのか」

「なんだよ、急に？」

「急じゃない。前から知りたかった」

やはり……おれに惚《ほ》れたか？

たぶん、いや間違いない。百パーセントそうに決まってる。出会ったころから惚れられてたんだ。

しかし、まいったな。おれたちはライバルだ。このまま受け入れたら花史になんて説明すんだよ。今すぐは無理だ。おれと真奏のあいだには障壁がある。

可哀想だが、そのことをはっきりと伝えよう。

「真奏の気持ちは嬉しいけど、スーパーフェスが終わってから話そうぜ」

おれは最高にかっこいい顔をしてシブくいった。

「は？　なにいってんの？」

怪訝な顔をされる。

「いや、おれたちの未来の話をさ……」

またかっこよくいうと、ますます顔をしかめられた。

「君を知りたいのは、園原一二三を理解したいから」

「おれへの告白じゃねえのか？」

「オーディションに落ちるはずの楠瀬さんを勝たせたし、大人を嫌っていた瞳さんの取材も成功させた。なんでそれができたのか知りたいの」

また顔を近づけてくる。

なんだよ、告白じゃなかったのかよ。ってなんでガッカリしてんだ。

「花史のおかげだよ」と、ため息まじりにいった。

あれは花史がぜんぶ考えた。おれは指示どおりに動いただけだ。

「だったらそれも詳しく教えて」

「それも？　まあ……いいけど」

おれは自分のことを真奏に話した。

幼少期から高校時代、引っ越し屋に就職したこと、青島志童のインタビューがきっかけで放送作家を目指したこと、花史との出会いや仲の深まった経緯、楠瀬と瞳にどんなお節介を焼いたか。

話を聞き出すのが上手いから、真奏に話しているうちに気持ちよくなった。つらい思い出も話したけど、真奏が苦しみを吸い取ってくれている気がした。

真奏がアーティストに信頼されている理由がまた一つわかった。

真奏は人の話をちゃんと聞く。適当な返答もしないし、相手のご機嫌を取ってお世辞もいわない。深く考えて相づちを打つ。だから話していると、自分がちゃんと理解されていると思って安心できるんだ。話すだけでこんなに他人を癒《い》やせるなんてすげえな。魔法みたいだ。

すべてを話し終わったあとに、おれはいった。

「こんなこと聞いてどうすんだ？」

そもそも、なんで園原一二三を理解したいんだ？　おれたちに勝つため？　また出し抜こうとでも考えてんのか？

考え込んでいた真奏は、「一つだけわかった」とボソッといった。

「なに？」

「君が恐ろしいほどバカだってこと」

神妙な顔でおれを見つめる。

こんなに真剣にバカにされたことはない。

「どこが？」

「ぜんぶ？」

真奏は首を傾《かし》げながらいった。

そして池のほうを向いて、「戻ってきた。いきましょ」とベンチから立ち上がる。

真奏の視線を追うと、花史と瞳がボート乗り場に戻っていた。

よし、いくか。

……ってなんだったんだよ、今の時間は⁉　おれだけ意味不明なまま終わったぞ？　おれはバカにされるために自分のことを必死に話したのかよ⁉　今の時間を返してくれよ！

首を傾けながら立ち上がると、

「あっ、一応いっとくけど」と真奏が振り向いた。

「君は凡人じゃないと思う。というか、違う」

葦駄との対決を振り返ったときにそんな話もしたな。おれは葦駄に凡人だといわれた。自分には才能がないと思ってきたけど、まさかあるってことか？

いや、騙されねえぞ。花史を見てたら嫌でも凡人だとわかる。

と思いつつも、

「なんで？」

ああ、おれはなんて弱い人間なんだ。そんなに才能を信じたいか。

真奏はベンチに戻って座り、おれも釣られるように腰を下ろす。

「何百人も取材してきたけど、エピソードの伝えかたが三本の指に入るほど上手かった。情景も人物の輪郭《りんかく》もリアルだった。これって、どういうことかわかる？」

「……話が得意？　だったら芸人に向いてるだろ？」

「違う。作家よ」

断言する。その力強い声が、言葉の信憑性《しんぴょうせい》を強めた。

「君の興味は笑いじゃない。喜怒哀楽だと『怒』と『哀』なの。これは芸人じゃなくて、物語をつくる作家に向いてるってこと」

物語を？

放送作家にはいろんなタイプがいるけど、そっち方面が向いてるってことか？

ただ、腑に落ちない点もある。

「こどものころから本なんて読んだことなかったぞ」

「それなのに、上手く物語れるのが異常なの。いい意味でね」

自信満々だから説得力がある。

おれは熱い番組をやりたい。よく考えたら……その根本にあるのは怒りと悲しみなのか？

「遺恨ビンタ」のときも、仲違《なかたが》いしていた直江《なおえ》と小山田《おやまだ》の怒りと悲しみがぶつかり合った瞬間に魂が震えた。これを見たかったんだと思った。そう考えると真奏のいうとおりだ。

「マジか？」

「信じなくてもいいけど。ただ、わたしなら得意な分野を伸ばす」

物語をつくる才能を伸ばしていけばいいのか。

直江は「背骨を見つけろ」と教えてくれて、植田は「いろいろな熱い番組をやれ」と教えてくれた。さらに真奏は「その根本は怒りと悲しみだ」と教えてくれた。

「ありがとな。自分らしさは自分だけじゃつくれない——楠瀬さんのステージを見たあとにいってたけど、本当にそのとおりだな」

自分の魅力は教えてもらわないと気づけない。おれはいろんな人に助けられて自分自身を理解していってる。感謝の気持ちで胸が一杯になった。

「そんなこといったっけ？」

無愛想にいう真奏を見て、おれは頬をゆるめる。あのときも、つい楠瀬を応援したい本心が出ていっちまったんだろう。

「楠瀬さんにも特技を見つけるようにいったんだろ？」

「MEGU-MUを成功させたいからよ。わたしの考えは変わってない。彼女はもっと苦しむ」

「どうだろうな」

おれがニヤリとすると、不可解な顔をされた。

「おれも質問していいか？　なんでチーフ作家の代わりに台本を書いたんだ？」

Mスタの反省会で自分から申し出ていた。あのことがずっと引っかかっていた。

「のし上がりたいから」

真奏は冷めた顔でいった。

「若手芸人が売れるには、大御所芸人の番組でひな壇を盛り上げるしかない。作家も同じで、売れるには大御所作家の手伝いをしてほかの番組に誘われるしかないの。テレビ業界は成熟した業界だから重鎮が支配してる」

「だからか。もしかして、ほかの番組でも先輩の代わりに書いてんのか？」

「書いてる」

「何本の番組で？」

「ぜんぶ」

「ってことは……十本以上か？」

「だって、どの番組でもわたしが一番若いから」

真奏は二十六歳だ。おれと花史も若いけど、独り立ちしてる二十代の作家は少ない。

「すげえな……」

「女だからっていうのもあるけど」

「女？」

「放送作家は女って理由だけでナメられやすいし妬まれやすい。だから先輩とは対立せず可愛がられるのが正解。今年のスーパーフェスでわたしの企画が初めて通ったのも、先輩作家さんたちが推してくれたからよ。作家の企画は、内容より誰が出したかで判断されやすい。のし上がるには力のある味方を増やすことが必須《ひっす》なの」

血のにじむような努力の末に通した企画ってことか。真奏は戦略家で自己演出もするけど、それ以前に人の何倍も頑張ってきたんだ。

園原一二三は、大御所作家の韋駄に喧嘩を売ったからむしろ逆だ。自分たちの実力だけで頑張るのも大変そうだけど、どっちも苦しいんだから好きな道を選びたい。

しかし前から思ってたけど、

「なんでそんなにのし上がりたいんだ？」

「この仕事をしてるなら、それが普通でしょ？」

「そうだけど、無理してるだろ？」

真奏は眉を寄せた。

「真奏は人を輝かせるのが好きだろ。けど、のし上がるために、そんな自分を押さえつけてる。なんでそこまでしてのし上がりたいんだよ？」

真奏はひどく驚いた。鳩《はと》が豆鉄砲を食ったような顔をしている。

「どうしたんだよ？」

すると目をパチパチさせて、

「なんでもない。いくわよ」

逃げるようにボート乗り場に歩いていった。

真奏はのし上がるために自分を殺してる。それがすごくキツそうだ。おれには、そう見えていた。

真奏をどうにかしてやりたいと、おれは思った。


三回目の会議が始まった。本番はいよいよ一週間後だ。

「そんじゃ、コメント入りのVTRチェックをお願いします」

梅林の関西弁が会議室に響く。

この会議でプロデューサーや作家、ほかのスタッフに意見をもらい、直しをして梅林のVTRが完成する。

相変わらず梅林から連絡はなかったから、インタビュー映像の出来はわからない。だがおそらく、そう簡単にはいかないはずだ。その証拠に、チャイはまだ十分なコメントを撮れていないという理由で、会議を欠席して今も街頭ロケをしている。そのためチャイのVTRは明日の夜、急遽会議を開いてプロデューサーと作家だけにチェックしてもらうことになっていた。

梅林のつくったVTRが会議室のテレビに流れる。

若い女性が十位の曲の印象を語っている姿が映った。

『十人もいるのにダンスがピッタリと揃ってるのがすごいです』

完璧なコメントだ。いったいどのグループなんだと気になる。

続いて、もう一人のコメントも流れた。

『こどもたちがSNSにこのダンスをアップしてますよね』

また完璧。巷《ちまた》ではこのダンスを踊るのがこどもたちの間で流行《はや》っている。

梅林の声で仮入れしたナレーションが流れる。

『こどもたちの間で大流行している、十人組グループが歌う曲とは？』

十位の曲の歌唱映像が流れた。右側にはキャプション情報。

クイズ構成になっているためにずっとワクワクして観られた。

すげえ。パーフェクトだ。梅林の実力がここまでとは思わなかった。

一人でここまでやれるのなら、作家の手伝いなんていらない。もっとコミュニケーションをとりたいなんて、おれの自己満足だったのかもしれない。

同じように、九位、八位、七位、とランキングが上がりVTRが進んでいく。

そして六位のインタビュー映像を観たとき。

「あっ」

おれは声を出してしまった。

スタッフたちに見られる。おれは会釈し、なんでもないという態度をした。

――マジか？

偶然だろ。そう自分にいい聞かせたが、ランキングが上がるにつれてその疑いが大きくなり、胸の鼓動がでかくなっていった。確実にその兆候があったからだ。

そして一位の完璧なコメントが流れたとき、確信した。

「手の振り付けのタヌキサインが可愛いです」

映っていた女性は、Mスタの観覧にきていた真奏の知人だった。

彼女だけじゃない。六位の曲についてコメントしていた女性も、もう一人の観覧にきていた女性だった。

しかも、六位の女性が夜、一位の女性が昼の映像。一緒に二人で歩いていたところに、偶然スタッフが声をかけたわけじゃない。

彼女たちに限らず、このVTRに出演している一般人のコメントはみんな完璧すぎる。プロが考えた文章を読んでいるようだ。

つまり、全員がモデルかエキストラの可能性がある。

まさか……真奏が梅林と組んで、モデルに台詞《せりふ》をいわせたのか？　自分の企画のレベルを上げて認められるために？

だけど隣に座る真奏を見て、そうじゃないとわかった。

真奏は怒りの瞳を梅林に向けていた。

一回目の会議のときと同じ顔だ。

ヤラセに怒ってるのか？

ということは、梅林が単独でやったのか？

芸能事務所に頼んでモデルたちにコメントを読ませた？

なにがどうなってんだよ？

プロデューサーや作家たちは梅林のVTRを絶賛し、会議は終わった。

スタッフたちが会議室を出ていく中、おれは頭を悩ませていた。

こんなの許されるわけない。でも……。

考えていると、出口に向かう梅林が目に入った。

やべえ、いっちまうぞ。

梅林はチャイのＶＴＲチェックの会議にはこない。もう電話も出ないかもしれない。

「梅林さん、ちょっといいですか？」

真奏がはずんだ声を出した。口角を上げ、さっきまでの顔とは違う。

「なんですか？」

真奏と梅林が見つめ合う。おれは二人を見ながら花史にいった。

「花史、ＶＴＲに映ってたのって……」

「観覧に来てた女性たちです」

微笑しながらいう。

花史が見逃すはずがないか。とりあえず、いくしかねえな。

「いくぞ」

「はい」

立ち上がって二人のもとへいった。

「おれたちも、ご相談があります」

まずは梅林と話をしたい。まだヤラセと決まったわけじゃねえんだ。

「なんですの？　次があるんですけど」

梅林は面倒そうに腕時計に目をやった。

「ＶＴＲのことでご相談があります。場所を変えたいのですが」

真奏は申し訳なさそうな顔をする。

「場所を変える？」

「ええ。じっくりお話ししたいので」

梅林は真奏とおれの顔を交互に見る。

そして大きなため息をつき、「すぐに終わらせてくださいよ」と余裕の笑みを浮かべた。

その笑顔を見たとき、おれはとてつもなく嫌な予感がした。


西麻布にあるバーの個室に入った。

真奏に店長を紹介され、おれたちは飲み物を注文する。

店長が「お部屋代はけっこうです」と真奏にいう。本来は個室代がかかるようだ。

真奏は遠慮したが、店長は「お世話になってますから」といって出ていった。

「真奏さん、えらい出世しましたな」

梅林が口の端《はし》を上げる。

「そんなことは。担当番組のロケでよく使わせていただいてるお店なんです」

落ち着いた口調で返す。

「んで、三人とも話があるんですか？」

梅林がおれと花史に顔を向けた。

今までの真奏の様子を考えると、ヤラセを止めたい確率が高い。

「おそらく、同じ件です」

おれが答えると、真奏が口を開いた。

「モデルの子たちにコメントを読ませましたよね？」

「モデル？」

「ええ。六位と一位でコメントをしてた子たち、わたしの知り合いなんです」

すると梅林は、予想しなかったリアクションをした。

「それが？」

まったく悪びれてない。ここまですんなり認めるとは思わなかったため、おれは驚きのあまり笑ってしまう。

「それがって……これってヤラセじゃないですか？」

怒りで語気が強くなる。こいつはなんでこんなに堂々としているんだ？

ＶＴＲは一人じゃつくれない。大勢のスタッフたちが全身全霊をかけて何時間も働いてやっと完成する。そんなスタッフたちのプライドをこいつは踏みにじっている。

梅林は鬱陶しそうにいった。

「しかたないでしょ？　君たちがダメなキャプションを送ってくるから」

「は？」

意味がわからない。おれたちはダメなキャプションを送ってないし、それがヤラセとどう関係しているのかもわからない。

「あの直しでスケジュールが狂ったんで、インタビューが遅れたんですよ。だから、しかたなく仕込んだんです」

梅林は大袈裟に残念がる。その演技じみた態度が余計にしゃくにさわった。

「ヤラセをしていい理由にはならんでしょう？　そもそもキャプションは、あんたが急いで帰ったから、お互いの方向性がズレたんでしょうが？」

おれと花史のつくったキャプションは、梅林のものより完成度が高かった。

問題は方向性の違いだ。あのとき打ち合わせしていれば、このズレは生まれなかった。結果的にスケジュールが狂ったのは梅林自身の責任なんだ。

「打ち合わせしなくても、こっちの納得するもんを書くのが作家でしょう?」

はらわたが煮えくり返りそうになった。

怒りを押し殺しながら、なんとか冷静に声を出す。

「超能力者じゃねえんだ。話をしないとわかりませんよ」

「だったら、最初からそういってくださいよ」

「あんたが任せるっていったんでしょう?」

「だから、それでも納得させられるものを書くのが作家でしょう?」

これじゃ同じ話の繰り返しだ。

お互いに思っている「当たり前」が違いすぎる。

おれはディレクターと作家は話し合わないといい仕事ができないと思っている。どんなに仕事のできる作家でも、ちゃんと話さないとディレクターが求める完璧なものなんて書けないはずだ。人によって好みが違うからだ。

だけど、梅林はそう思ってない。優秀な作家なら、話し合わなくてもディレクターの求めるものを書けると思っている。園原一二三のレベルが低いと思ってるんだ。

でも絶対にそんなことはない。断言できる。おれと花史が何度も話し合いを重ねてつくったキャプションは、高いレベルで仕上げられた自信があるからだ。

「間違ってるのはあんたですよ」

おれは静かにいった。

園原一二三は間違ってない。だから意見も曲げない。ここで謝ったら嘘をつくことになる。おれたちは恥ずかしい仕事をしていない。プライドを持って仕事をしているんだ。

梅林は、うんざりしたようにため息をつく。

「まあ、そんな小さな問題どうでもいいっすわ。もう帰っていいですか？」

「なんすか、その言い草は？」

ヤラセのことも、ディレクターと作家のやりとりの話も、小さな問題じゃない。

おれにとっては大きな問題だ。

梅林は苛立つように眉間にシワを寄せた。

「あんたらと違ってディレクターは責任を負う。特に今回は、入れ替わりがかかってるんや」

「……なんの話すか？」

「チャイさんとぼく、数字を取ったほうがレギュラーのディレクターで残るんです」

おれは絶句する。

負けたらクビってことか？

「ここのところ、チャイさんの担当したVTRの数字が低かった。今回ぼくを入れたのは、プロデューサーたちがぼくの実力を計るためです。真奏さんもチャイさんもわかってたはずですよ」

固まっていると、真奏はおれに顔を向けた。

「Mスタは太陽テレビを代表する番組なの。局からも数字を求められるから、年に何度もディレクターが替わる。チャイさんも正念場だとわかってる」

結果を出せないディレクターはすぐに替えられるってことかよ？

「でも、チャイさんは何年もMスタでやってんだろ？　そんな簡単に――」

「だから、作家とは違うんですよ」

梅林があきれるようにいった。

「大御所作家を除けば、ディレクターのギャラは作家よりも高い。VTRのクオリティも結局はディレクターの腕やから責任も重い。テレビは今、ものすごい勢いで制作費が削減されている。ぼくらは一回の放送が生きるか死ぬかの勝負なんですよ」

いってることはわかる。おれたち作家は手柄を立てられない分、責任も負わなくていい。生き残りをかけた勝負に勝ちたいのもわかる。

「だからって、ヤラセはダメっすよ！」

おれはでかい声をあげた。

それを言い訳にするのは間違ってる。絶対に違う。

「なんでダメなんですか？」

対照的に梅林は冷静に尋《たず》ねる。

「なんでって……嘘だからっすよ！」

「じゃあ、番組の観覧席にモデルが座るのは嘘じゃないんですか？」

細い目でにらまれ、おれは口を閉ざした。

「番組を盛り上げるために、スタッフが前説をしたり、お客さんに拍手の練習をしてもらうのも嘘ですよね？」

突き詰めると、それも嘘だ。視聴者は観客も一般人だと思ってるし、前説も拍手の練習も観客をコントロールしている。でも、

「あれは演出です」

「すべてのヤラセは演出なんですよ。ぼくの仕込んだコメントも、長い時間をかけて撮影すれば誰かがいっていた。料理番組の『こちらが焼き上がったものです』と同じですよ」

違う……落ち着け。

おれはいいたいことを整理して口を開く。

「大切なのは視聴者の気持ちです。おれは視聴者に『裏切られた』と思わせたくない」

梅林は細い目を見開き、声をあげて笑った。

「ずいぶん熱い作家さんですねえ。だったら、プロデューサーに告発します？」

梅林は意外な提案をしたが、「ただ」と続けた。

「オンエアまであと一週間です。ヤラセの事実確認をしてインタビューの撮り直しもするとＶＴＲが完成しない。真奏さんの企画がつぶれますよ」

そのとおりだ。

会議室でおれがすぐに梅林に話しかけられなかったのもそれが理由だった。

おれと花史が結果を出せないのはいい。おれたちはヤラセをしてまでＭスタに入りたくないからだ。

けど、おれが告発したら、あんなに頑張ってきた真奏の努力が水の泡《あわ》になる。だから、どうしていいかわからなかった。

「まあ、真奏さんはぼくらのチームに負けても、企画全体のレベルは上がるからいいでしょう？　チャイさんがクビになるだけですよ」

真奏は自分がのし上がるためにおれと花史をつぶそうとしてきた。それだけのし上がりたいんだ。けれどそのためにチャイを見捨てねえだろ？

そう信じて真奏を見つめる。

しかし、「そうですね」と真奏は軽く笑った。

「わたしは事実を知りたかっただけです」

それを聞いた梅林は頬をゆるめる。

なんで……？

「真奏さんも柔軟になられましたね」

「ずいぶん経ちましたから」

「話が終わったなら、失礼してもいいでしょうか？」

梅林は腕時計に目をやった。

「おい、いいのかよ？」

困惑しながら真奏に確認すると、

「いいに決まってるじゃない」

真奏はおれをバカにするように鼻で笑った。

マジかよ。そんなやつだったのか？

「そんじゃ、おつかれさまです」

梅林は機嫌よく部屋を出ていった。

その瞬間、おれは真奏に吠《ほ》える。

「どういうことだよ⁉」

裏切られた気持ちになった。その怒りが自然と言葉になる。

「真奏はなにか理由があって、のし上がるために無理してると思ってたよ。だけど、これじゃ本物のクズだろ⁉」

花史はなにかを考えているようだった。

真奏は静かにいった。

「雌牛《めうし》に腹突かれる」

「は？」

花史がスケッチブックに文字を書く。

『甘く見ていた相手に突然ひどい目にあわされるという意味です』

おれは考える。

「それって……」

「チャイさんはクビにさせない。本当に仕込んだのかたしかめたかっただけ」

さっきのは演技かよ？　真奏はチャイの味方だったってことか。

「ってことは、告発するのか？　真奏の企画がつぶれるぞ」

「つぶれるのは梅林さんだけ」

不敵な笑みを見せ、真奏は立ち上がった。

「会計はしとくから二人はゆっくりしてって」

なにかを仕掛けるつもりだ。いったい、なにを……？

けれど、妙な胸騒ぎがする。このままいかせたらダメだ。

「よせよ。嫌な予感がする」

「心配いらない。準備はできているから」

そういって微笑み、真奏は出ていった。

部屋にはおれと花史だけが残った。

「花史、やばいぞ。真奏と梅林さんは昔なにかあった。だから真奏は梅林さんをつぶそうとしてる。けど梅林さんは危険だ。自分のためなら迷わず他人を傷つけられるやつだ」

腐るほど喧嘩してきたから本当にやばいやつはわかる。もしも勝負が喧嘩だったら、梅林は平気な顔で相手を刺すやつだ。あいつはネジが外れてる。

真奏は賢いしズルさもある。それでも梅林には勝てない。それどころか、

「番組がめちゃくちゃになる気がする」

なんでかわかんねえけど、このままじゃ失敗する。それだけはわかる。

とはいえ、梅林はヤラセを止めないだろうし、真奏も止められそうにない。

いったい、どうすればいいんだよ？

「チャイさんに話を聞きましょう。なにかわかるかもしれません」

花史はいった。

そうか。梅林は初回の会議でチャイにも「ご無沙汰です」といっていた。

チャイに話を聞けば、真奏と梅林を止められるヒントが見つかるかもしれない。

おれはチャイに連絡した。


「まだ終わらないんですよ。明日の昼までは頑張りますけど」

おれたちの席に座ったチャイはそういって苦笑いした。

連絡したとき、チャイはインタビューロケを終えたばかりでまだ晩飯も食ってなかったから、ファミレスで会うことにした。

まずはチャイからロケの話を聞いたが、ガチでいいコメントをもらうのはやはりそうとう大変らしい。

コメントの内容も聞いたが、このままでは梅林に勝てないと思ったために、意を決してさっきのことを話した。

チャイは驚いたけど、すぐに事態をのみ込んだ。

「あの二人、過去になんかあったんすか？」

チャイはしばらく黙ったあと、いった。

「真奏さんは戦友なんです。そう簡単には話せません」

「……そうっすよね」

真奏との付き合いも長そうだし、そう簡単には教えてくれないか。

「でも……お二人なら、どうにかしてくれる気もしています」

チャイはまっすぐおれを見つめた。

そして、真奏の過去を話してくれた。

＃4「日本一の音楽番組はつらいよ　宝生真奏《ほうしょうまかな》編」

最初から持っている人間には勝てない。

その真実に気づいたのは、高校生のころだった。

母はピアノの講師をしていた。そんな母のグランドピアノを、わたしは三歳から自分の意思で弾《ひ》きはじめたそうだ。

こどものころから要領がよくて勉強も遊びもすぐに覚えられた。ピアノも周りの子より上手かったから、小学生のころには将来はピアニストになりたいと思うようになった。

けれども、わたしの家は母子家庭だった。

本気でピアニストを目指すには莫大《ばくだい》な資金がかかる。

まずグランドピアノは必須。国産だと安くても二百万円以上の値段で、定期的なメンテナンス費用も必要。

次に毎月のレッスン費用。母のやっていた街のピアノ教室に通うだけでは間違いなくコンクールでは勝てない。実力のある「上の講師」にマンツーマンで習わないといけない。

これだけで一回一万〜三万円程度。音楽を聴いて楽譜に書き記す聴音など、音楽の基礎知識を学ぶレッスンも受けないといけない。

コンクールで勝っていた子たちの大半は、幼いころから何人もの講師をつけ、月に十五万円以上のレッスン費用をかけていた。

発表会やコンクールの参加費用とドレス代もほしい。ドレスは曲に合わせて替えるのが望ましいため、十着以上持っている子も多かった。

母はわたしのために、ピアノ教室以外にも二つの仕事を掛け持ちし、上の講師を週一でつけてくれた。けれど、わたしはコンクールで結果を出すことができなかった。

毎日講師からレッスンを受けている裕福な子たちと、週に一度しか受けられないわたしとではレベルの差が歴然だった。

だから努力した。負けず嫌いなわたしは、環境のせいにして泣き言をいいたくなかった。

それに、もっと恵まれない人もいる。わたしは母のおかげで自宅にグランドピアノと防音室がある。母が必死に働いてくれているおかげで上の講師も一人つけてもらっている。

それだけでも恵まれているのだ。

毎日毎日、とにかく練習ばかりした。すごくつらかったけど、そうすることしか前に進む方法を知らなかったから。それでも勝てなかった。

思いついた苦肉の策は、自己演出だった。

化粧や髪型を華やかにすることには、自分で工夫したらそこまでお金がかからない。ドレスも一着しかなかったけど、自作すればいい。

美しく着飾り、背筋を伸ばして綺麗な姿勢を心がけ、魅力的な表情や佇《たたず》まいをするように気を配った。お金のない自分の精一杯の抵抗だった。

その甲斐もあって、中一のときに初めてコンクールの全国大会に出場できた。けれど入賞はできなかった。悔しかった。

勝てない理由を、生まれ育った環境のせいにしてしまう自分にも腹が立った。

実家が裕福なことも才能だ。でも運のせいにしたくない。自分の力で未来を切り拓《ひら》きたかった。だから練習した。やっぱりそれしかできないから。

どんなに結果が出なくても練習した。毎日中学校から帰ってから寝るまでの八時間、休みの日には十八時間ピアノと向き合った。

努力はいつか実を結ぶ——そう信じていた。

高校に入学後、同じクラスに何度もコンクールで優勝している女の子がいた。

驚くべきことに、彼女はわたしと同じで実家が裕福ではなかった。上の講師からレッスンを受ける時間もわたしのほうが長かったくらいだ。

けどどこか不思議な雰囲気を持っていて、承認欲求や名誉欲などの情念がまったく感じられなかった。そもそも、誰かに勝とうともしていない。

わたしは彼女に特別なレッスンを受けてるのかと訊いた。そうでもしないと、そんなに勝てるわけがないから。

彼女は、特になにもしていなかった。だったら、わたし以上に努力をしている。じゃないとおかしい。

「すごく努力したんだね」

わたしがいうと、彼女はきょとんとした。そして心の底から楽しそうにいった。

「好きだからやってるだけだよ」

彼女は努力を努力と思っていなかった。

その瞬間、わたしは何者にもなれないのだと悟った。結果を出せる子と自分のなにが違うのか、はっきりとわかってしまったのだ。

一つはお金。

そしてもう一つは、「好き」ということだ。

わたしはピアノがそこまで好きじゃなかった。好きは好きだけど、周りの子たちと比べるとそこまで興味がなかった。ピアノだけじゃない。物心ついたころからなんでも器用にこなせたけど、その分すぐに飽きてしまって、本気でなにかに夢中になったことは一度もなかった。

思い返すと、コンクールで結果を出す子たちは、みんなピアノが好きだった。ピアノの話をしているときも、演奏する姿を見ていても、音色を聴いていてもそれがわかる。「好き」のエネルギーが、表情や体から溢れ出て、まぶしいほどに輝いている。

わたしには、それがなかった。幼いころからわたしを動かしていたのは、「負けたくない」というプライドだけだった。

ある特定の分野で結果を出すことを成功というのなら、先天的な才能があることやＩＱが高いこと、実家が都心で裕福なことも大きなアドバンテージになる。

だけど、「好き」はそれらのアドバンテージも超越する。「好き」と「負けたくない」では、モチベーションがまるで違う。

同じ量だけピアノの知識を取り込み、技術を習得しても、「好き」な彼女たちは、わたしよりも多くのことを吸収できる。だからわたしより上達が早い。その興味や好奇心のおかげで自然と技術が向上する。

わたしは恵まれた環境も持ってなかったし、ピアノもそこまで好きではなかった。つまり、ピアノの才能がなかったのだ。

それでも、わたしはピアノを続けた。だって、最初から持ってる子だけが勝てるなんて、あまりにも不公平すぎるから。彼女たちだけ結果も出せて、楽しい。わたしはずっと結果も出ないし、苦しい。そんなのは納得できない。この理不尽には負けたくなかった。

それでもやはり、結果は出なかった。

講師には「演奏が嘘くさい」といわれた。「なんでもっとピアノを好きになれないの」と叱られたこともあった。

そんなの、わかってるよ。

何千回も、何万回も思ってきたよ。わかってるけど、そうなれないからしかたないじゃない？　わたしもあの子たちみたいに輝きたいよ。でも、どんなに努力をしても、そうなれないんだよ。しょうがないじゃない？

ドラマも映画も小説も、なにかを好きな人ばかりが主役になる。けど、なにかを好きなことがそんなに偉い？　天才って呼ばれてる人がそんなに偉い？　インタビューされてる成功者がそんなに偉い？　わたしはそうは思わない。みんな見てるところが違うよ。わたしたちみたいに、なにも持ってないのに頑張ってる人たちのほうがよっぽど偉いよ。

それなのに、なんでみんな、いつもわたしたちを責めるだけで、どうすればいいかは教えてくれないの？　わたしたちのほうが苦しいのに、なんで怒られなきゃいけないの？

頑張ってきたよ。やれることはぜんぶやってきたよ。

それなのに、なんで世界は、それでもわたしを鼓舞するの？

努力が足りない。頑張れ。もっとやれる。やめなければ必ず結果は出る。努力は必ず報われる――。

そんなことをいえるのは、あなたが恵まれてたからでしょ？　そのことに自分で気づいてないだけだよ。自分の力だけでやれることなんて、たかが知れてるんだよ。

そんなことをいえるのは、あなたが弱者の気持ちをわからない人だからでしょ？　あまりにも無責任すぎるよ。無神経すぎるよ。なにも持ってない人間が努力を続けることの苦しさを、なにもわかってないよ。

結局、わたしは高校二年のときに腕を怪我してピアノを引退した。

必然的な最後だった。負けず嫌いなわたしはオーバーワークを続けていたからだ。真面目に練習することしか、運命に抵抗できる手段が見つからなかった。

この世界は、どこまでも弱者に冷たい。

母には泣きながら謝った。わたしのためにずっと苦労してくれてたのにごめんと。

母からは逆に謝られた。もっとお金があったら苦労させなかったのにと。

母のことは恨めない。じゃあ、いったい誰のせいにすればいいの？　誰に怒ればいいの？　この怒りはどこにぶつければいいの？

世の中には、生まれながらに持っている人間と持っていない人間がいる。恵まれた環境も、なにかを異常に好きなことも才能だ。最初からそれを持ってる人は幸運だ。

わたしの場合、努力ではその差を埋められなかった。身についたのは、本質とはまったく関係のないところに目を向けさせて他人を騙す、こざかしいテクニックだけだ。

わたしたちみたいになにも持ってない人間は、どう生きたらいい？

ピアノをやってきた間、ずっと問い続けてきたその答えは最後までわからなかった。人生の目標を失ったわたしは、芸大の楽理科に進学した。そしてなんとなく、友人から頼まれたコンサート演出をやった。

こどものころから自分を演出してきたわたしにとって、この仕事はたやすかった。主役を美しく飾り立て、主役が魅力的に見えるＶＴＲをスクリーンに流した。そして演奏中に天井から花びらを散らせると、観客たちは感動して涙を流した。同級生たちのコンサート演出を頼まれるうちに、音楽番組の構成をしてみないかと声がかかった。

このときに出会ったのが、藤堂明《とうどうあきら》だった。

「お前さ、うちの番組を手伝えよ」

藤堂は番組制作会社を経営する演出家だった。

グレイヘアーで身なりは清潔だったけど口が悪かったから恐《こわ》い人だと思った。でも番組を手伝ううちに、面倒見のいあたたかい人だとわかっていった。

仕事は丁寧に教えてくれるし、部下がミスをしてもけっして怒らない。部下が悩んでそうならすぐに話を聞いた。わたしがそれまで見てきた中で一番男前な人だった。

ある日わたしは、藤堂にいってみた。

「わたし、好きなものがないんですよ」

ピアノを辞めてからも好きなものがないのがコンプレックスだったから、アドバイスがほしかったのだ。

藤堂は大笑いした。

「どこから見ても、お前は人を輝かせるのが好きだろ。ピアノで結果を出せなかったから、苦しんでいるやつに目がいくし、助けたいとも思うんだよ」

それを聞いて、初めて気づいた。

思い返すと、コンサートの演出もテレビ番組の構成も、「どうすれば出演者を輝かせられるか？」を常に考えていた。その目的を叶《かな》えるための努力なら苦にもならなかったし、仕事も自然に覚えられた。「好きな子」のように自分もなっていたのだ。

「それがお前らしさだ。自分らしさは一人じゃ見つけられねえんだよ」

藤堂は顔をくしゃっとさせて笑った。

「お前はピアノを全力でやったからここにたどり着けた。人は本気でなにかに挑戦することで好きなものに近づいていく。自分の好きさを理解しろ。そうすれば自由になれる」

自由になれる——その言葉を大袈裟だとは思わなかった。

わたしはこどものころに好きなものがわからなかったから不自由だった。でも好きなものは見つけられるんだ。その理屈を理解できた。ずっと暗闇《くらやみ》を手探りで歩いてきたけど、光が差し込んで道が見えた気がした。

それからは、自分の好きなことはなんなのか、ノートに書きながら分析した。少しでも興味のあることにはすぐに取り組むようにした。

そして、やはりわたしは人を輝かせたいのだと確信した。頑張っている人の力になりたい。そんな願望のあるわたしにとって、陰で演者を支える放送作家は天職かもしれない。

わたしは尊敬する藤堂とたくさんの番組を手がけた。藤堂は本当にテレビが好きだったし、わたしも藤堂を手伝うのが好きだった。だけど、その時間はいつまでも続かなかった。

数年前、日本は急激な不景気に見舞われた。スポンサーは次々と番組から降りて制作費が少なくなり、番組制作会社の仕事が急激に減っていった。当時、藤堂とわたしが担当していたある音楽番組には、もう一つ別の制作会社が参加していた。

その会社に所属するディレクターが梅林だった。

どちらか一方の制作会社が、大幅な予算削減でクビになると噂されていた。

そんな中、番組プロデューサーは視聴率を上げるために起死回生を狙ったコーナー企画を立ち上げる。それは、「一般宅に訪問し音楽にまつわるお宝を見つける」という企画だった。

最初は話題になったが、すぐにネタが見つからなくなった。

高額のレコードを持っている人はたまにいたけど、そればかりを毎週観せていたら飽きられて数字が落ちる。そのためプロデューサーは、大物歌手のサインやアンティークの楽器、入手困難なアイドルの練習テープなど、いろんなジャンルのお宝を観せたがった。当時、藤堂の制作会社に所属するADだったチャイと、駆け出しの作家だったわたしは、ひたすら一般宅を回って下調べをした。

何百軒回ってもお宝は見つからなかった。期限もあとわずかになったためにチャイはいった。

「真奏さん、オークションで買ったお宝を、その家で見つけたことにしましょう」

チャイはそのころから誠実な人だったために、自分の耳を疑った。

わたしは断固として拒否した。

この仕事で勝たないと、藤堂は制作会社ごと外されてしまう可能性がある。けど、わたしはヤラセまでして勝ちたくなかったのだ。五十代だがまだ奇抜な発想を保持している藤堂は、ほかにもレギュラーを何本も抱えている。一つくらいクビになってもそこまで困らないはずだ。

三日三晩ほとんど眠らずにリサーチしたけどネタは見つからなかったため、藤堂とわたしは大変な苦労をして、ネタがなくてもおもしろくなる台本を考えることにした。藤堂とわたしの好きだった、人を輝かせる手法だ。タレントが一般宅に入ったあと、お宝が見つからないけど、その家の人をおもしろくいじることでＶＴＲを成立させた。

しかし、視聴率は低かった。

その翌週は梅林の担当だった。信じられないことに、梅林はお宝を持っている家を三軒も見つけて企画を成立させ、高視聴率をたたき出した。

いったいどうやって探したの？　チャイとわたしがあれだけ苦労しても見つからなかったのに……。

その後、噂を聞いて真実がわかった。

梅林はチャイがやろうとした方法でヤラセをしていたのだ。

梅林についていたＡＤに詳しい話を聞いた。訪れた家の人に謝礼を渡し、事前に梅林がオークションで買ったお宝を置いてもらったという。

わたしは藤堂に「プロデューサーに告発しましょう」といった。

藤堂は首を縦に振らなかった。

「番組が終わっちまうだろうが。技術やメイクや大道具の仕事もなくなる。制作会社一つよりも、もっと大勢が路頭に迷うぞ」

「真面目にやったほうがバカを見るんですか？」

「バカでいいんだよ。テレビマンは大人になれないバカばっかだ。悪いバカもいるけど、うちらはいいバカでいようぜ」

藤堂らしい選択だった。

わたしはヤラセを止めるよう梅林を説得しようとした。

すると梅林はニタリと笑った。

「あれは演出ですよ。ヤラセだとしても、そちらもやればいいでしょう。どんな手を使ってでも、ゲームに勝てばいいんですよ」

憤りを通り越し、息苦しくなって倒れそうになった。

あの気色の悪いしたり顔が、今でも忘れられない。

ヤラセを続けた梅林は数字を取り続け、ついに藤堂はクビになった。

「少し早いリタイアだ。ハニーの店を手伝いながらゆっくりするよ」

番組を外れると決まった日、藤堂は淋しそうにいった。

実はこれが藤堂の最後のレギュラー番組だった。

アーティスト志向が強かった藤堂は、以前から局員と衝突することもあって面倒がられていた。そしてこの不景気のあおりを受け、すべての番組をクビになっていたのだ。

チャイがヤラセを提案したのは、この事情を知っていたからだった。

藤堂はこの出来事で制作会社をたたみ、テレビ業界から去った。

チャイから聞くまで、わたしはその話を知らなかった。男前な藤堂らしい去りかただった。が、本当はまだ辞めたくなかったはずだ。それは最後の表情からも伝わった。ずっと一緒にいたからわかる。藤堂は心の底からテレビを愛していた。

わたしがヤラセをしていれば、藤堂は会社をたたまずに済んだ。

藤堂からもらうばかりで、なんの恩返しもしていない。このままじゃ気が済まない。

どうすれば藤堂に恩返しできる？

……藤堂を呼び戻せばいい。

そのためには力が必要だ。たとえば、わたしが有名な作家になれば演出家も指名できる。一回じゃダメだ。コンスタントに呼び続けられるほど有名になればいい。それくらい、のし上がればいいんだ。

でも……今までのやりかたでいいの？

人を輝かせることは好きだけど、そのやりかたで梅林に負けた。このままじゃ、ほかの人たちにも勝てない。勝たないと、藤堂を呼び戻せない。

今回のことで学んだ。どんな手を使っても数字を取ったほうが生き残れる。

だったら、そのやりかたでのし上がってやる。

「チャイさん、わたしが藤堂さんを呼び戻します。それが恩返しだから」

藤堂を見送ったあと、チャイにそう約束した。

そしてこの目標は、藤堂にはいわないでほしいと頼んだ。プライドの高い藤堂はそんなことはやめろというから。

でもそのときがきたら、無理にでも呼び戻す。どうしてもわたしを助けてほしいと藤堂に伝える。そうすれば、戻ってきてくれるはずだ。

あれから藤堂とは一度も会っていない。どこでなにをしているのかもわからない。なにもできなかったから申し訳なくて、会えなかった。

そしてわたしは迷わずに目標に向かって進んでいた。のし上がるためなら、どんな手を使ってもいいと思ってきた。

大城了に、出会うまでは。

『そんなやりかた、楠瀬みたいな子が可哀想だろ?』

彼は自分を偽っていた楠瀬夢依を助けた。そして、

『歌っても伝わらないなら、ちゃんと話してみろよ』

母親からの愛を求めていた愛宕瞳も助けた。

彼はいつだって、誠実なやりかたで苦しんでいる人を助けてきた。

その上、人々が救われる瞬間を画面に映して数字も出すという、常人離れしたことをや

ってのけてきた。

なんでそんなことができるの？

わたしもそんなスタンスで生きたかった。でも、それじゃ梅林に勝てないと思ったから、この業界でのし上がれないと思ったから、手段は選ばないと決めた。

藤堂を呼び戻したかったから、いろんなものを捨ててきた。弱い自分のままではダメだと思った。なのに、大城了を見るうちに、自分が本当に正しいのか迷いはじめた。

このスタンスを選んでよかったのだろうか？

ほかにやりかたがあったのではないだろうか？

今からでもやりかたを変えたほうがいいのではないか？

彼を見ていると、そんな気がしてしまった。

だからわたしは、了に過去の話を訊いた。そしてわかった。

園原一二三の頭脳は乙木花史だ。彼のおかげで数字を取ってきた。

けれど、園原一二三の魂である大城了もすごい。

彼は自分の持つ「怒り」と「悲しみ」のフィルターを通し、他人を深く観察できる。人を助けたいという異常な熱意があるからだ。その情熱はわたしとは比べ物にならないほど大きい。

楠瀬夢依や愛宕瞳を救えたのも了のおかげだ。彼のフィルターを通して気になった点や違和感を交えながら、彼女たちの話を花史に伝えた。彼女たちを救いたいという目的もしっかりと伝えた。

だからこそ、花史はそれらをヒントに問題を解決する企画を思いつけたし、企画の方向性も迷わなかった。主導権はいつだって了にあった。了が花史を手伝ってきたんじゃない。花史が了を手伝ってきたんだ。

了の純粋な熱さが、すべてを変えてきた。了がいるから、園原一二三は自分らしさを貫《つらぬ》きながらのし上がっている。

『真奏は人を輝かせるのが好きだろ。けど、のし上がるために、そんな自分を押さえつけてる。なんでそこまでしてのし上がりたいんだよ?』

あのとき、藤堂と了の姿が重なった。

もしかしたら、了ならどうにかしてくれるかもしれない。梅林のことも藤堂のことも。

わたしが進んでいる道も正しく修正してくれる。

新人作家なのに、不思議と彼にはそんな期待をしてしまう。そんな頼もしさがある。

けど、テレビ業界には梅林のような人間もいる。人には悪の面もある。わたしがまだ、了の汚いところを見ていないだけかもしれない。

そもそも、こんな個人的な目的に赤の他人を巻き込むこともできない。

わたしは一人で藤堂を呼び戻す。ここで梅林をつぶしたら、ヤラセを止めた人間としてわたしの評価もまた上がる。なにより、このときのために準備もしてきたんだ。やらないと――。

わたしは園原一二三を置いてバーを出た。

わたしには藤堂を呼び戻すこと以外に、もう一つの目標があった。

それは、梅林に復讐することだ。

梅林に負けたわたしは、どう復讐しようかと考えた。あのふてぶてしい態度を見ると、これからもヤラセをするだろう。梅林がまたどこかの番組でヤラセをやったとき、その証拠を摑んで世間に暴露したら社会的に抹殺できる。ただ、その番組も終わってしまう。かといって、オンエアされる前に番組プロデューサーに告発しても梅林はクビになるだけだ。それじゃあまりにも生ぬるい。

梅林には究極の屈辱を与えたい――そして思いついたのが、わたしが梅林を完膚《かんぷ》なきまでに負かすことだった。

ゲーム廃人の梅林は、負けることを病的に嫌う。

たとえば以前のような戦いで、今度はわたしが勝利し、梅林を番組から追い出すことができたら、これ以上ない屈辱を与えられる。

わたしは、その準備を始めた。

まずは、梅林と付き合いのある芸能事務所を調べた。密《ひそ》かにヤラセの協力を頼んできた事務所も何社か抱えているかもしれないからだ。

梅林は三社の小さな芸能事務所によく仕事を頼んでいた。再現VTR出演、スタジオ観覧、通販番組のモデルなどが主な仕事内容。

わたしはその事務所に所属している無名のモデルやタレントたちに近づいた。

彼女たちに仕事を紹介し、相談にも乗り、徐々に距離を縮めた。事務所に若い後輩が入ってきたら紹介してもらった。それを何年も続けたが、モデルたちに梅林のことを訊いたことはなかった。わたしの計画を梅林に気づかせないためだ。

そして二週間前に梅林と再会したあと、三つの事務所の駆け出しの女性モデルたちに、

「Mスタから仕事が入ったら連絡してほしい」と頼んでおいた。

あのときのように梅林がヤラセをする可能性があるからだ。

これは梅林にとって生き残りをかけた大事な勝負。何年も経ったけど梅林は変わっていない。再会したときにそう直感した。街頭インタビューを頼むなら、見栄えのいい駆け出しの若い女性モデルは必ず選ぶ。

数日後、Mスタの観覧にもきていた二人の女性モデルから連絡があった。

「真奏さんのいってたとおり、Mスタのインタビュー出演を頼まれました」

「ディレクターにヤラセを頼まれたら、あとから証言してほしい。あなたたちに悪いようにはしないから」

わたしは彼女たちに、Mスタのプロデューサー陣に「ヤラセがあった」と証言してもらうつもりだった。彼女たちは断れなかったということにして、プロデューサー陣にも彼女たちが証言したことは梅林には秘密にしてもらえばいい。

ただ、問題があった。この計画を実行したら、梅林の担当した上位十曲のインタビュー映像が使えなくなる。そうなったら企画がつぶれる。だから、わたしとチャイは保険をかけておいた。上位十曲のインタビュー映像もチャイチームであらかじめ撮影していたのだ。

この二週間、わたしもロケを手伝った。二十曲分は大変だったけど、コメントはなんとか集められそうだ。もちろん梅林のVTRほどおもしろくはできないだろうが、オンエアできるレベルには仕上げられるだろう。

これで梅林をクビにしても企画はつぶれないし、ヤラセも止められる。

やっと復讐できる――はずだった。

バーを出たあと、例の女性モデルたちにすぐに連絡した。

だけど電話も出ないし、LINEの既読もつかない。

そのまま一時間が過ぎた。もうすぐ日をまたいでしまう。

明日の朝まで待つ？……いや、とにかく時間がない。

プロデューサー陣には今すぐにでも告発したい。チャイチームのVTRは二十曲分あるから、チェック後の直しにも時間がかかる。

明日の夜のVTRチェックの時間にまとめて観てもらわないと間に合わない。

それまでにプロデューサー陣には梅林をクビにしてほしい。そう考えると、彼女たちには明日の午前中に証言してもらいたい。

こんなことしたくないけど、場所がわかれば会いにいける。

罪悪感に包まれながら、彼女たちのSNSをチェックした。


『焼き肉おいしい』


網で焼かれる肉の写真。

ハッシュタグには西麻布にある高級焼き肉店の名前。

「芽ぐむプロジェクト」のロケでも使った店だ。

二人とも同じ写真をあげている。

仕事帰りかも。プライベートは邪魔したくないけど、しかたない。

わたしは焼き肉店に向かった。


店の前に着くと、ちょうど彼女たちが出てきた。

「二人とも、ちょっといい？」

わたしはやわらかい笑みを向ける。

しかし、わたしとは正反対に、彼女たちの顔はこわばっていた。

……なに？

「いやぁ、えらい美味かったですねぇ」

聞き覚えのある関西弁が響いた。

「おやおや、真奏さん。どないしたんですか？」

梅林が店から出てきた。

なんで、さっきまでバーで一緒だった梅林がいるの？

この三人で食べていた？　……ヤラセコメントのお礼をしていたのか。

どちらにせよ、彼女たちとの計画を勘ぐられるのはまずい。ばれたら彼女たちが梅林に恨まれる。

「近くで会議があるので向かってたんです。そしたら、ばったりと」

わたしは首を傾けて笑顔をつくる。多少強引でも、早くいなくなったほうがいい。

「じゃあ、失礼します」

会釈して三人の横を通り過ぎようとすると、

「待ってください」

と梅林にいわれ、振り返る。

「君たち、真奏さんにいいたいことあるんやろ?」

一瞬戸惑ったけど、彼女たちのこわばった顔を見て予想がついた。

やられた——。

「真奏さん。わたしたち、梅林さんを告発できません」

モデルの一人がいった。

「あの……」と続けようとするけど、罪悪感のためか黙る。

それを見たもう一人のモデルが続ける。

「ロケの当日、梅林さんから担当してる恋愛リアリティショーに出てみないかっていわれたんです。それで、どちらにつくか決めてほしいといわれて……真奏さんにはいろいろと相談に乗ってもらったけど、わたしたち売れたいんです」

真剣な声から切実さが伝わってくる。

信頼関係ができあがっていると思っていたけど、そんな話じゃない。無名の彼女たちはモデルを続けるにしろタレントや女優に転身するにしろ、もっと世間に顔を売りたいはずだ。

わたしの担当番組はほとんど音楽番組。たまに仕事を紹介してきたけど、再現ＶＴＲ出演などの小さな仕事ばかりだった。

彼女たちのほしかったのは優しさじゃない。大きな仕事だ。

梅林のほうが強い手札を持っていた。もっと強い手札を用意しておくべきだった。

「ゲームでぼくに勝てると思うてました？」

梅林が勝ち誇ったようにニタリと笑う。興奮しているような気持ちの悪い笑顔だった。あのときの顔と同じだ。わたしがヤラセを止めるよう説得しようとしたときもこんなしたり顔をしていた。

『どんな手を使ってでも、ゲームに勝てばいいんですよ』

あのときを思い出していろんな感情が襲いかかってきた。

わけがわからない感情に支配され、息苦しくなった。めまいがする。

けどすぐに気を張って、ポーカーフェイスを貫こうと決める。

梅林には絶対に弱みは見せない。

にごった怒りが破裂しそうだ。そんな感情は今は無視しろ。

集中しろ。このときのために頑張ってきたんだ。

今度は負けない。絶対に――。

わたしは微笑みをつくる。

しかし追い打ちをかけるように、梅林は想像していなかったことをいった。

「彼女たちを使ったのはわざとですよ。真奏さんがぼくの懇意にしている事務所に出入りしていると知ってたから、こんな仕返しも予想してたんです」

この計画に気づいていたの？　その上でわざとわたしを罠《わな》にかけた？

「手の込んだことをしますね」

溢れ出てくる怒りをのみ込み、なんとか頬を上げる。

「ぼくはあなたの仕掛けたゲームに勝っただけです。勝つためならなんでもしますよ」

梅林の目的がいつだって勝利なのは、以前からわかっていた。

でも、このモチベーションは異常だ。勝つことが生きがいともいえる。

「なんでそんなに勝ちたいんですか？」

つい口にした。

わたしに勝ちたいだけなら、こんな面倒なやりかたをしなくてもいい。梅林はわざわざわたしを出し抜こうとした。かなりの手間と時間をかけたはずだ。そのエネルギーがどこから出ているのか知りたかった。

梅林はニタリと笑った。

「勝ったら気持ちいいじゃないですか」

その言葉を聞いて、梅林には勝てないと思ってしまった。

梅林は勝利が本当に好きなのだ。ピアノが好きな子と同じように。

わたしも人を輝かせることが好きだけど、それは後天的に備わった興味だ。自分が苦しんでいたから、自分と同じように頑張っている人を応援したくなる。

けれど、ピアノが好きな子たちは違う。生まれながらに備わってる得体の知れない好奇心と底力がある。それと同じものを、梅林からも感じた。

わたしとは素質が圧倒的に違う――いや。

それがなんだ?

たとえそうだとしても、まだ戦える。このときのために頑張ってきた。すべてを出し尽くすまで諦めるな。まだやれる。

「真奏さん、本当にすいません」

「すいません」

二人のモデルが謝罪する。

彼女たちに罪悪感を背負わせたくない。最後にこれだけはいわないと。

「あなたたちは悪くない。こっちこそごめん。そのお仕事、頑張ってね」

気を張って落ち着いた声を装った。

とても責める気にはなれない。彼女たちが梅林についたのは正解だからだ。

「ほな、また遊んでください」

梅林は上機嫌にそういって歩いていった。

モデルたちも申し訳なさそうな顔をしてわたしに頭を下げ、梅林についていった。

――また遊んでください。

ずっと準備をしてきたわたしの復讐は、梅林にとってはただの遊びだった。


「チャイさん、おはようございます」

翌朝、スクランブル交差点でロケの準備をしているチャイと顔を合わせた。

梅林に出し抜かれてモデルの子たちが証言してくれなくなったことを説明する。

わたしたちだけで梅林を告発するのは、おそらく不可能だ。

二人のモデルが証言しなくなったために、ヤラセの証拠がない。たとえ告発しても、彼女たちに「街で声をかけられた」といわれたらどうしようもない。

梅林のVTRでコメントをした人たちが全員どこかの事務所に所属する無名のモデルやタレントだったら証拠にもなるけど、たぶん梅林はそのあたりも手を打っている。

梅林はわたしを出し抜くために、わざとあの二人にコメントを頼んだ。おそらくインタビューを受けたほかの人たちは、知り合いの一般人にお金を渡して頼むなどしているだろう。

わたしが大騒ぎしても証拠が見つからなければ、逆にわたしが梅林を陥れようとしていると疑われて責任を取らなければならない。

すべてを説明すると、チャイは肩を落とした。

「そうですか」

「これでもう、梅林さんのヤラセは止められません。ただ、まだ勝てます」

わたしがそういうと、

「どうやって勝つ気だよ?」

と、背後から声がした。

振り返ると、ロケ機材を持った大きな男と小さな少年がいた。

園原一二三だ。

今の話を聞かれた……なんでここにいるの?

戸惑うわたしにチャイがいった。

「昨日の夜、梅林さんのことを伝えにきてくれて、ロケも手伝ってくれることに」

ミスをした。もっと周りに気を配るべきだった。

「真奏、なにするつもりだ？」

了が心配そうな顔をわたしに向ける。

面倒なことになった。話さなかったらしつこくされるし余計な時間が過ぎる。時間がない。もう園原一二三に隠しながら進めるのは不可能だ。

「わたしの考えたコメントをモデルさんに読んでもらう」

はっきりといった。こっちもヤラセをするということだ。

梅林と同じことをすれば、コメント内容の勝負になる。それなら負けない。

仲のいい駆け出しの無名モデルは何十人もいる。その子たちにお願いすれば、今からでも無理な話じゃない。もちろん最悪の事態も想定している。

「わたしが独断でやったことにするから、ばれてもチャイさんに責任はない」

おそらく最初から普通に勝負をしても、やらせをする梅林には勝てなかった。だからチャイをこの計画に誘って余分にコメントを撮ってもらったことは後悔していない。

ただ、その計画が失敗したんだから責任は取る。

わたしがクビになるリスクを背負っても、絶対にチャイをクビにはさせない。藤堂が去ったときと同じ気持ちはもう味わいたくない。

「ちょっと待てよ」と了が険《けわ》しい顔をする。

「藤堂さんの話は聞いたよ。真奏がのし上がりたい理由はわかった。だけど、ヤラセはダメだろ?」

チャイがわたしに頭を下げる。

「……真奏さん、すいません」

昔のことを園原一二三に話したのか。それはいい。けど、

「君の正義のために、チャイさんをクビにさせるの?」

それだけはさせない。わたしだって正義を貫きたい。でも、それじゃ勝てないの。汚い人間に勝つには汚いことをするしかないのよ。

「そうじゃねえよ……」

了は歯切れの悪い声を出す。なにかに迷っているように見えた。

彼はわたしたちと同じ思いをしたことがないから純粋でいられるんだ。

ずっとその純粋さが羨《うらや》ましかった。でも鬱陶しくもあった。もうわたしは、彼のような純粋さを手にできないから。

了もあんな負けかたをしたらわかる。くだらない正義を貫くことが、どれだけ軽率で無責任なことか。勝つことが、どれだけ大切なことか。

「じゃあ、なに? そんなにMスタの作家になりたいの?」

ため息交じりにいう。

梅林チームが勝てば、園原一二三はレギュラー作家になれる確率が上がる。でも彼らはそんな人間じゃない。そんなことはわかってる。苛立ちと無力感のせいで、こんな態度しかできない。彼らに当たってもしかたないのに。わたしは自己嫌悪にかられる。

了は首を横に振った。

「ヤラセを止められなかったらMスタに入る気はねえ。花史と相談して決めた。このまま勝っても意味がねえからだ」

バカじゃないの？ なんでそんな選択をするのよ。

そんなに正直じゃ、この業界じゃやっていけない。

「それよりも、なんか違うんだ。おれも真奏も、なんか違う」

頭を抱えながら悩ましげにいう姿を見て、わたしはその先を聞きたくなる。

「……なにが違うの？」

「わからねえ。でも、このままじゃ真奏が苦しいだけだ」

わたしを助けようとしてるの？

……もしかしたら。

花史を見つめると、天使のような微笑みを浮かべていた。

園原一二三に期待している自分がいる。

楠瀬夢依や愛宕瞳を助けたように、わたしのことも助けてくれるかもと。

いや、もう時間がない。わたしには他人に頼っている暇すらないのだ。

こっちもヤラセをするなら、夜の会議までにコメントを揃えないといけない。

「今からモデルさんたちに連絡する」

決断したわたしはスマホを出し、電話をかける。

しかたない。こうするしかないのよ。

けれどそのあと、妙な事態になった。

女の子たちに、今からここにきてほしいことと、それがMスタの仕事だということを伝えると、詳しい仕事内容も話さないうちに「今日は時間がない」と次々に断られたのだ。

五人目の女の子にも断られ、わたしは訊いた。

「みんなに断られてるんだけど、どういうことか教えてくれない？」

「……来週発売の週刊誌にMスタのヤラセインタビューの記事が出るんですよね？」

「なんの話？」

「今朝、そんな内容の匿名メールが事務所に届いたらしくて、社長からモデルたちに転送されたんです。事務所を通さずに仕事をする子もたまにいるから、『絶対に受けるな』っていわれて……」

だからみんな断ったんだ。所属モデルがヤラセに関与したことが明らかになったら事務所はダメージを負う。

電話を切った。こんなことをする犯人は一人しかいない。

「梅林さんだ」とわたしは声をもらした。

わたしにモデルを仕込ませないために、わたしと付き合いのある芸能事務所にメールしたんだ。でも、なんでここまで？

こんなことがMスタのプロデューサー陣の耳に入れば、梅林もヤラセを疑われるかもしれないのに……いや。

それだけわたしをつぶしたかったのか。梅林にとってゲームに勝つことはなによりも重要だ。完膚なきまでにわたしを叩きたかったんだ。

そんな答えにたどり着いたときだった。

『メールを送ったのはぼくです』

花史がスケッチブックを出していた。

そこにいた全員が固まる。

花史が送った？　なんで？　状況が理解できない。

混乱していると、花史は満面の笑みでスケッチブックをめくった。

そこにはこう書かれていた。

『いったはずです。あなたを殺しますと』

わたしは絶句する。

チャイも唖然とした。

けど一番ショックを受けていたのは——

「花史……」

大城了だった。

眉を下げ、本当につらそうな顔をしていた。

了の瞳には強い後悔が映っていた。こんなことが起こると予想はしていたんだ。花史がラーメン屋台でわたしに『あなたを殺します』と伝えたときから。でも止められなかったんだ。

花史は満足げに笑みながらページをめくった。

『真奏さんは梅林さんに勝つためのプランをいくつか持っていると推測していました。昨日の時点で、すべてのプランを止める手筈《てはず》を整えました。このメールはその一つに過ぎません』

「なんでそんなこと……」

泣きそうな顔の了に、花史は冷たい笑顔を向ける。

『真奏さんのような卑怯者《ひきょうもの》は、生きている資格がないからです』

公園で了から話を聞いたとき、なぜ花史があれほどわたしに怒っていたのかを知った。花史の憎んでいる人とわたしの姿が重なったからだと了はいっていた。油断していた。了がいるから大丈夫だと、たかを括《くく》っていた。梅林のことで頭が一杯だったから、花史のことまで気が回っていなかった。

診断してみないとわからないけど、おそらく乙木花史はギフテッドだ。ずば抜けた能力を持つ一方で、その繊細さのために生きづらさを抱えてしまう。こだわりが強く、物事について白か黒の二者択一をしやすく、完璧主義の思考になりやすい。嫌いは嫌い、好きは好きだ。

花史は変わらずわたしを憎んでいた。そしてわたしを精神的に殺す機会をずっとうかがっていたんだ。

『ぼくは人の気持ちを読むのが苦手です。しかし、あなたがこの勝負に負けたら困るのはわかりました。どんな手を使っても勝てばいい。あなたのルールでぼくに負けた気分はどうですか？』

花史は、どうすればわたしに最大の屈辱を与えられるかを考えていたんだ。わたしが梅林にできなかったことを簡単に成し遂げた。

詰んだ——。

これでチャイは梅林に勝てなくなり、クビが決定した。

わたしのせいだ。わたしはまた、なにもできなかった。そう悟ったとき、体から一気に力が抜けた。そして花史の笑顔と過去の梅林の笑顔が重なった。

怒り。

無力感。

絶望。

あのときのいろんな感情を思い出す。今まで我慢して必死におさえつけていた気持ちたちが、蓋からどんどんこぼれ落ちて止まらない。

呼吸が速くなる。胸が苦しい。手足がしびれてきた。息を吸うことしかできなくなる。上手く息を吐けない。めまいがして世界が回る。足元がふらつき、その場に倒れこむ――が、了に抱きかかえられた。

「真奏、ゆっくり息をしろ」

わたしの背中をさする。大きくて厚い胸板。

安心が胸に広がった。藤堂に抱かれているようで、心が落ち着く。

ストレスか。昨日の息苦しさも同じ理由だろう。

情けない。感情に支配された。まだ勝負は終わってないのに。

無理やり呼吸を整える。強制的にゆっくりと息を吐いて吸った。

「大丈夫よ」と、わたしは了から離れた。

わたしは一人で立てる。諦めるな。まだ勝負は終わってない。

『了くん、なんで彼女に優しくするんですか？　彼女は卑怯者です』

花史が不機嫌な顔をしてスケッチブックを見せる。

「真奏は本当の悪人じゃねえ。目的のために無理してきたんだ」

『ぼくらに卑怯なことをしたのは事実です』

「だからって、どんな仕返ししてもいいのかよ？」

了が苛立つと、花史は一瞬だけひるんだ。

でもすぐに、まっすぐ了を見つめ、

『卑怯者に情けは無用です』

自分の意見をぶつけた。不安げな表情をしている。

わたしはなぜか花史を応援したくなる。彼はわたしのことを責めてるのに。

「これじゃ、おれたちも卑怯者だろ？」

花史はうろたえる。けど懸命にスケッチブックに文字を書く。

『卑怯者への卑怯行為は正義です。目には目をです。人が誰かを傷つけたら、その罰は同程度のものでなければなりません』

「やりすぎだ。それは愛もねえし、熱くもねえよ」

『彼女に愛を与える必要はないです』

「花史は極端すぎるよ」

『悪は悪です！　了くんが理解できません！』

花史の顔には苛立ちと怯《おび》えが広がっていた。

スケッチブックを握る手が震えている。了に嫌われることを怖がっている。

それでも、自分をわかってほしいんだ。だから必死に本心を打ち明けている。自分の唯一の理解者と思っていた了と意見が割れている。それでもわかり合おうと必死なんだ。

だけど、それまで辛抱強く説き伏せようとしてた了がため息をつき、

「なんでわかんねえんだよ」

と頭を抱える。

花史の瞳に見る見る涙がたまっていった。

「う……うう……」

今にも泣き出しそうな顔を見て、ピアノの講師にいわれたことを思い出した。

『なんでもっとピアノを好きになれないの』

自分を理解してもらえず、ただ責められた。

ピアノを好きになりたかったけど、なれなかった。どうしていいのかわからなかったけど、解決策は誰も教えてくれなかった。だからわたしは、一人で頑張るしかなかった。

花史は自分でいったとおり、人の気持ちを読むのが苦手なのだろう。

今の了の気持ちもわからないけど、必死にわかろうとしてる。嫌われるのが怖いけど懸命に歩み寄ろうとしてる。それを……なんで責めるの？

「わかんないよ」

気づいたら、口にしていた。

なんでこんなことをいってるんだろう。彼らは敵なのに。わたしはのし上がらないといけないのに。仲違いしてもらったほうがいいのに。

けれどわたしは、

「わかんない人もいるよ！」

大きな声で訴えていた。

「君に見捨てられたら彼は生きていけないの！　そんなに冷たくしないでよ！　わかってあげてよ！」

感情が暴走して止まらない。でも、自分の感覚を取り戻したようだった。

わたしが梅林に負けた理由がやっとわかった。あれだけ準備をしても負けたのは、これが理由だったんだ。

わたしはやっぱり——頑張ってる人を輝かせたいんだ。

「責めるなんて誰でもできるでしょ？　どうしていいか、ちゃんと教えてあげてよ！」

驚いた花史が目を丸くしてわたしを見つめる。

その瞳から、涙がぼろぼろと流れた。

それを見た了がはっとして、「花史、ごめん」と慌てて謝った。

「責めてるつもりはなかったんだ。どうしていいかわかんなくて……ほんとにごめん」

花史がなんで泣いたのかはわからない。

了に冷たくされて悲しかったのか、わたしにかばわれたのか嬉しかったのか、怒ったわたしが恐かったのかもしれない。とにかく花史はしばらく静かに泣いていた。そのあいだ、了はずっと謝っていた。

わたしはチャイにいう。

「証拠はないけど、わたしがプロデューサーに梅林さんのヤラセを告発します」

もしかしたら、今からでも止められるかもしれない。

「そんなことしたら、番組がめちゃくちゃになるだろ？」

了がいう。

そう。告発が成功しても番組に三十分程度の空きの時間ができてしまう。

今からだとろくな企画はできない。総集編のVTR企画などで埋めるしかない。ただ総集編は二ヵ月前にやったばかりだ。そこでオンエアしたおもしろい過去映像は使えないから、視聴者にはつまらないものになる。

それでもいい。チャイをクビにするくらいなら。

しかしチャイはいった。

「このVTRで戦います。告発したら真奏さんがクビになる恐れがありますから」

「でも、それじゃ勝てません」

わたしがいうと、チャイは「いいんです」と微笑んだ。

「ぼくらはこのVTRを全力でつくりました。ぼくは、藤堂さんのよくいっていた『いいバカ』でいたいんです」

チャイの言葉を聞いたわたしは、完全に敗北を認めた。

作家はディレクターを支えないといけない。チャイがそう決めたのなら、ヤラセはできない。わたしはチャイの顔を見て、この世には納得のできる負けもあるのだと知った。

みんなで昼過ぎまでインタビューロケをしたけど、やはりずば抜けたいいコメントは撮れなかった。

夜から会議に出席し、少しの直し指示があってチャイのVTRはOKになった。

わたしたちは、梅林のヤラセを止められなかった。

「Mスタスーパーフェス」の本番当日、十三時過ぎに最寄りの駅に着いた。

歩いてライブ施設に向かう途中、道には「Mスタ同行させてください」という文字の書かれた紙を持って立っている女性が大勢いた。

チケットの応募総数は約百六十万通だったけど会場に入れるのは八千人。当選者は二人一組のチケットをもらうため、彼女たちは一人できた人に同行しようとしているのだ。駅前で女性たちが立っているこの光景は、毎年恒例だ。

日本一有名な音楽番組、「ミュージックスターダム」。

梅林に負けてから、がむしゃらに働いてこの番組の史上最年少作家になった。腕もつけてコネもつくって力をつけられたと思っていた。だけど、わたしはまた、なにもできなかった。

演出家を指名するなんて大御所作家でもなかなかできない。わたしにはこんな大それた目標を叶えることは無理だったのかもしれない。

手段を選ばずにのし上がろうとする——わたしにとってはこの手段を選んだことも努力だった。才能がないから選ぶしかなかった。でも、才能のある人間たちにまた負けた。

それは結局、わたしが中途半端《ちゅうとはんぱ》な人間だったからだ。梅林みたいにどこまでも非情ではないし、大城了みたいにどこまでも熱くない。乙木花史みたいにどこまでも悪に厳しくもない。悪になりきろうとしたけど、なりきれなかった。

わたしはなにも前に進んでいなかった。

だったら。

わたしみたいに、なにも持っていない人間は、どう生きていけばいいのだろう？

結局なにをやっても才能のある人間にはかなわないのだろうか？　大それたことなどしようとせず、自分の分をわきまえて、ひっそりと目立たないように生きるしかないのだろうか？　また、わからなくなってしまった。

そんなことを考えながらライブ施設の楽屋に入ると、了と花史、そして黒いポロシャツとキャップ姿の女性がいた。

「真奏、おつかれ」と了がいう。

花史もわたしに頭を下げるが、少し気まずそうだった。

「おつかれさま」

二人とも意外に元気だ。

……いや、そう見せてるだけか。ヤラセのＶＴＲが流れるのを黙って待つしかないんだ。内心は落ち込んでいるはずだ。

「真奏、こちらは喜明さんだ」

了が明るくいった。

「この前いってたお弁当屋さん？」

チャイが推しているっていう。

「ああ。人気だからもうすぐ新規の注文をストップするらしい。早めに担当番組に推薦したほうがいいぞ」

そうなんだ。スタッフには美味しいお弁当を食べてほしい。

名刺を交換させてもらおう。

「作家の宝生です。ミッドナイトではいつも美味しいお弁当をありがとうございます」

彼女と名刺交換をする。

その名刺を見たわたしは声を失った。

彼女の顔をはっきりと確認した。

……そうだったんだ。

ご主人の店を手伝うとはいってたけど、まさかお弁当屋さんだったなんて。

彼女が帽子を取る。

その女性は、演出家の藤堂明だった。

#5「日本一の音楽番組はつらいよ　未公開映像大公開スペシャル」

チャイのVTRチェック会議が終わったあと、六本木を歩いていると内輪もめしている四人組がいた。

金髪に緑にピンク、派手な髪をしたその男たちはライブを終えたばかりのバンドのようで、そのうちの二人がお互いの演奏について責め合っていた。

仲間の一人がそれを止める。

「こっちがバラバラだと、客にいいもん届けられねえだろ⁉」

二人はお互いに謝って仲直りした。

見た目は派手だけと、なかなか熱い連中だぜ。

そのとおりだ。バンドがバラバラだと客に——

「そうだ……」

と、おれは声をもらした。

「了くん、どうしたんですか？」

隣にいた花史がおれを見上げる。

「やっとわかったよ。なんでこんなことになったのかってずっと考えてたんだ。なんかおかしいってずっと思ってたんだ」

不可解な顔の花史に、自分の考えを話しはじめた。

「もとはといえば、おれたちが梅林さんにしつこく打ち合わせを頼めばよかったんだよ。チャイさんのヤラセがわかったときも、諦めずに止めるよう説得すればよかった。今朝もチャイさんのVTRがおもしろくなるように、真奏と相談すればよかったんだよ。でも、おれたちはそうしなかった。自分たちのプライドを守ろうとしたからだ」

「……どういうことでしょう？　了くんのいうとおりにしても、問題を解決できたとは思いません」

花史が冷静にいう。

「そのとおりだ」

おれも冷静に答える。

「梅林さんは打ち合わせをしてくれなかったかもしれないし、ヤラセも止められなかったかもしれない。真奏と考えてもVTRをおもしろくできなかったかも。でも、これはおれたちの姿勢の話なんだ」

おれたちにはこれが足りてなかった。

「おれたちは作家にもディレクターにも勝とうとしてきたよな?」

「はい」

「けど一番大事なのは勝利じゃねえ。なぜなら放送作家の仕事は、視聴者がおもしろいと思う番組をつくることだからだ。おもしろい番組は一人じゃつくれねえ。おれたちがコンビを組むとき、イカダの話をしたよな?」

「二人のイカダをつけたらもっと頑丈になる。だからコンビを組みました」

「そうだ。たくさんのイカダをつければもっと頑丈になる。おれたちはそうしようとしなかった。勝敗が大事だったからだ。でも、園原一二三はそれでいいのか? そこには愛と熱さがあるか? 日本一になることがおれたちの目標だけど、大事なのは結果だけじゃないと、おれたちは学んできたよな?」

これは、おれたちがどう日本一を目指すかの話だ。

最初から自分たちの姿勢を決めていれば、今回の問題を止められていた可能性もあった。たとえ止められなくても納得できた。全力を尽くして燃え尽きることができた。大切なことだから、今はっきりと花史と決めておきたい。

花史はうつむき、なにかを考えたあと、顔を上げる。

「了くん、真奏さんは悪い人ですか? いい人ですか?」

花史は迷いの瞳をおれに向けていた。

真奏を卑怯者だと思っていたけど、かばわれたことでわからなくなってるんだ。

「真奏はいいやつだ」

おれは「自分で考えろ」なんて絶対にいわない。花史はわかんねえからおれに訊いてるんだ。まだ一人じゃ決められないんだ。

だったら、おれが指針になる。花史が一人で歩けるまで、おれがお手本になる。そのためにはいつでも正しい答えをいう。

真奏はいいやつだ。そして、

「だから、おれは真奏のことも助けたい」

これがおれの本心だ。

花史が突然、自分の口を両手でおさえて前屈みになる。

「そうですか……」

「うふっ、うふふっ……」

肩を震わせながら笑ってる。

「ど……どうした？」

花史は笑いをこらえながらいった。

「了くん、やばい企画を思いつきました」

最後の最後にきたか——。

「マジか？」

「はい。この企画を実現できたら、すべてを解決できます。ですが、ライバルである真奏さんの協力が不可欠です。頼ってもいいですか？」

真奏に頼るという選択肢も増えたから、やばい企画を思いついたのか。

「もちろんだ。花史はいいのか？」

真奏がおれたちに卑怯なことをした事実は変わらない。憎んでいる父親の姿と重なった真奏を許せるのか？

「今回は了くんを信じます。なにより——これでは数字が取れません」

自信に満ちた顔でいった。

「真奏さんの考えたＶＴＲ企画は悪くはありません。しかし、このやばい企画が実現すればもっと高い数字を見込めます」

それは頼もしいぜ。

あとは、おれが花史の手足となって動けばいいだけだ。

「わかった。おれはなにをすればいい？」

「まずは、藤堂さんを真奏さんに会わせてください」

「チャイさんのいっていた演出家か？」

女性だけど男前な人だったといっていた。

「はい。そうすれば了くんの希望どおり、真奏さんを助けられます」

おれは考える。花史の考えている企画の内容はわからないけど、

「真奏は藤堂さんを呼び戻すことに縛られてる。藤堂さんならたしかに助けられるかもしれねえな。でも、どこにいるんだ？　チャイさんに訊けばわかるかな？」

「藤堂さんは喜明の女将さんです」

「ええっ⁉」

チャイから聞いた限りではもっと男っぽい女性だった。喜明の女将は雰囲気が柔らかくていかにも女性らしい。

花史は、その根拠を話しはじめた。

「ご主人の名前は高喜、藤堂さんの名前は明。名前を合わせると喜明です。仕事では旧姓を使う女性はめずらしくありません」

「……あっ！　ほんとだ！」

「チャイさんはテレビ業界に宣伝して藤堂さんに恩返しをしたかったのでしょう」

チャイは藤堂が社長を務める制作会社のＡＤだった。

「名前と推しだけじゃ、偶然とも考えられねえか？」

単純にチャイが美味い弁当屋を推している可能性もある。

「チャイさんは古い付き合いの真奏さんに喜明さんを紹介していません」

そういえば。顔の広い真奏に紹介すればもっと広まるのに。

「さらに、チャイさんは真奏さんと女将さんを会わせまいとしていました。一回目は『芽ぐむプロジェクト』のスタジオ収録のとき。真奏さんがもうすぐくることを女将さんに知らせました」

ぜんぜん覚えてねえけど、そうだっけ？

「二回目はMスタの反省会前。真奏さんがくる直前に連れ去りました」

「……あ！　それは覚えてるぞ」

「真奏さんと女将さんとはなんらかの関係があり、チャイさんは二人を会わせたくなかったと考えるのが自然です」

おれは考え、すぐにわかった。

「藤堂さんがチャイさんに頼んでたんだ。自分と真奏を会わせないように」

「どうしてですか？」

「おれたちと一緒の理由だよ」


「お願いします！　真奏と会ってやってください！」

喜明にいったおれは、女将に頭を下げた。

花史の想像どおり、女将は藤堂だった。彼女は演出家を辞めてから、夫の中華料理店を手伝っていたんだ。夫が高齢になったことで、二年前に店の業態を弁当宅配のみに変更。夫には宅配スタッフを雇っていいといわれているが、藤堂は客に直接お礼をいいたいために自分で届けているそうだ。

そして一年前、テレビ局に配達したとき、たまたまチャイと再会。

藤堂は演出家時代、プライベートは真奏にもチャイにもほとんど話さなかった。夫がいることと、こどもがいないこと、夫をハニーと呼んでいることくらいしか伝えていなかったらしい。テレビ業界から去るときも夫の店を手伝うとしかいわなかった。

中華料理店だと知らなかったチャイはとても驚いたという。やはりチャイは、藤堂に恩返しをしたくて喜明を宣伝していたのだ。

「大城さん、頭を上げてください」

藤堂が困った顔をする。

やっぱり今は上品で優しい女性にしか見えない。髪も黒く染めている。

「わたしは、テレビ業界から戦力外通告を受けた人間です。勝負に負けた人間が、今さら真奏に会うのも恥ずかしいんですよ」

藤堂は演出家としてのプライドを守りたかったんだ。おれたちと同じように。だからチヤイに頼んで真奏と会うのを避けていたし、自分のことを秘密にしてもらっていたんだろう。だが、藤堂には知らないことがある。

「真奏は藤堂さんを呼び戻そうとしています。お言葉ですが、真奏とプライド、どっちが大事ですか?」


ライブ施設の楽屋でおれの説明を聞いた真奏は呆然としていた。

藤堂が口を開く。

「真奏、わたしのせいでごめんね。でもね、もうテレビ業界に戻る気はないんだよ」

「わたしのためにいってるんですよね?」

と真奏はすぐに返した。

「違うよ」

「嘘ですよ。もっとやりたかったはずです」

いい切る。藤堂を知っているからこそ、気持ちがわかるのだろう。

しかし藤堂は優しく微笑み、「辞めてから気づいたんだよ」といった。

真奏は眉を寄せた。

「今は土日休みで昼過ぎまでしか働いてない。最近はヨガ教室に通いはじめてね、そこで友達もできた。ハニーと犬の散歩をしたりキャンプにもいく。二人でテレビゲームにハマってて夜更かしすることもあるんだ。演出をやっていたころは食事も別々にとってたけど、今は毎日一緒。まあ、一緒にいる時間が長くなった分、喧嘩も増えたけどね」

おだやかに、楽しそうに話す。

「ふとした瞬間に幸せを感じるの」

そういって、本当に幸せそうな笑顔を見せた。

「テレビの仕事は刺激的だったけど、いつも無理をしていた。女ってだけでナメられるから、男たちに負けないように気を張っていた。そうしなければやっていけなかったから。けど、わたしにとっての幸せは普通の日々だった。やっと自分に戻れた気がするんだ」

離れたから、気づけたってことか！

「テレビ業界で働いても幸せに生きられる人もいる。ただ、わたしは不器用だった」

藤堂は真奏を見つめた。心配そうな顔だった。

「真奏、あんたも器用に見えて不器用だ。無理しすぎず、腹の奥にあるまっさらな自分を大切にしな」

真奏はうつむいた。なにかに迷っているようだった。

「わたしは藤堂さんに恩返しできていない」

「恩返しは、あんたが自由になることだよ。真奏はどんな作家になりたいんだ？」

真奏はゆっくりと目を伏せ考える。

少しして顔を上げると目に涙がたまっていた。

「わたしは、人を輝かせたい。ヤラセはしたくない」

毅然とした態度でいう。

藤堂は顔をくしゃっとさせて笑った。

「だったらそうしなよ」

「でも、もう梅林さんを止められません」

「ほんとに？　ちゃんと彼らに……仲間に頼ったの？」

藤堂はおれと花史を見つめる。

「わたしは彼らにひどいことをしました。今さら都合がよすぎます」

真奏は冷静にいった。

親のような存在の藤堂を前にしても、背筋をピンと伸ばし弱さを見せない。本当は泣いて胸に飛び込んでもいいのにそうしない。

ずっとこうしてきたんだな。

真奏の背筋を見ながらこれまでの頑張りを想像してきたおれは泣きそうになる。もう頑張らなくてもいいよといってやりたくなった。

「都合がよくてもいいんだよ。この人たちはいいバカだから」

藤堂の言葉を聞いた真奏は少しのあいだ考え、おれと花史にいった。

「了くん花史くん、わたし……」

いいにくそうに口を閉ざす。

今さら助けを求めるのが申し訳ないんだろう。

「わたし……」

いいかけて、また目を伏せた。

「真奏、助けてくれ」

おれはそういい、花史もうなずいた。

真奏は目をまん丸くする。

いいにくいならこっちからいくらだっていってやる。何度だっていってやる。

「……ありがとう」

と真奏は泣きそうな顔を向けた。

「真奏の力を借りれば、この企画は成立する」

おれの言葉を聞いた真奏はきょとんとする。

「企画？」

おれは楽屋の壁時計に目をやった。もう約束の時間だ。

「ここにゲストを呼んでる。そろそろくるはずだ」

そのとき、楽屋のドアが開いた。

「あれぇ？　ずいぶんとお久しぶりな方がいますねぇ」

ディレクターの梅林だった。


「藤堂さん、ご無沙汰してます」

梅林は軽いノリでいった。

藤堂への罪の意識など、まるでないように見える笑顔だった。

「梅林さん、お久しぶりです」

藤堂は笑顔を返した。

「はて、その格好は？」

「今は主人の弁当業を手伝ってるんです。今日もＭスタに届けにきたんですよ」

「へえ、そうなんですか。ぼくもスタッフに宣伝しておきます」

「ありがとうございます」

嬉しそうに頭を下げる。藤堂は梅林をまったく恨んでいないようだ。

「んで大城さん、なんの用でしょう？　まさか今から告発するんですか？」

藤堂の前なのに、まったく気にせず訊いてくる。異常なほどに図太いやつだ。

おれは花史に頼まれて梅林に連絡し、「ヤラセについて大事な話がある」といってこのライブ施設の楽屋に呼び出していた。

「今さらそんなことしたら、番組がめちゃくちゃになりますけど」

本番当日にそんなことをしたら、番組に空きの時間ができるために、たしかにめちゃくちゃになる。だが、その時間をおもしろい企画で埋められたら話は別だ。

おれは楽屋の時計を見ながら梅林にいった。

「ちょっと待ってください。もう一組のゲストもお呼びしてるんです」

「もう一組？」

梅林が眉を寄せたとき、楽屋の扉が開いた。

迫力のある六人の強面《こわもて》の男たちが楽屋に入ってくる。

「なんで……？」と真奏が驚く。

日本を代表する六人組ヒップホップグループ、Ｙｏｋｏｓｋｙだった。

「大城さんに呼ばれたんだよ。いろんな仕事現場で出待ちされてさ。最後は土下座されたから話を聞いた」

リーダーのｏｓａｍｕに呆れ顔をされ、おれは苦笑いした。

「すいません。早く話を聞いてほしかったんです」

彼らは自分たちの電話番号をどこにも載せていないし、HPのアドレスにメールをしたり、SNSから連絡したりしてたら時間がかかると思った。といっても、時間がかかって話ができたのは昨日の夜になっちまった。

「Mスタに空きの時間ができるかもしれねんだろ？」

ｏｓａｍｕが真奏にいう。

「……はい」

「その時間、おれたちが歌うよ」

花史が考えたやばい企画は、ＶＴＲ企画の代わりにＹｏｋｏｓｋｙにライブをしてもらうことだった。人気実力ともに日本Ｎｏ．１ヒップホップグループである彼らのテレビ初出演は、事件ともいえる。出演が決まった時点で大きなニュースになり高視聴率も見込めるため、プロデューサー陣も急な企画変更を認めてくれるかもしれない。

「皆さんはテレビには出ない主義なのに……」

と真奏が眉を下げるが、

「いいよ。真奏ちゃんのためなら」

ｏｓａｍｕはあっさりいった。ほかのメンバーたちも「当然っしょ」「真奏ちゃんだもんね」などと賛同する。

啞然とする真奏におれはいう。

「皆さん、二つ返事でOKしてくれたんだ。最悪出演しないことにもなるのにきてくれた。真奏のやってきたことは無駄じゃなかったんだ」

一瞬真奏の瞳が涙でうるむが、すぐに笑顔をつくった。

自分では利用していたつもりでも、腹の底にあった正直な情熱は伝わっていた。結局、本当の自分なんて変えたくても変えられねえんだ。

「なるほど」と梅林が間に割って入った。

「たしかにこれは音楽業界の事件や。でも、いくら彼らでも三十分以上もライブしたら数字は落ちますよ」

梅林は余裕の表情を見せる。

お茶の間の人たちはYokoskyのファンばかりじゃない。ずっと彼らのライブを観せていたら飽きられる可能性もある。これは賭《か》けだ。が、やるしかない。

そのとき、花史がスケッチブックを見せた。

『ここからが本番です』

……どういうことだ?

おれはここまでしか聞いていない。まさか……まだなにか考えているのか?

「花史、いったい――」

楽屋の扉が開いた。

「おつかれさまです」と遠慮ぎみに小さな声を出して少女たちが入ってきた。

MEGU‐MUだ。楠瀬もいる。

Yokoskyに気づいた彼女たちは驚愕《きょうがく》し、メンバー同士で顔を見合わせる。

ダンスをしている彼女たちにとって憧《あこが》れの存在なんだろう。以前、一番好きなアーティストといっていた楠瀬は口を開けて完全に固まっていた。

でも、なんで花史はMEGU‐MUを……？

疑問に思っていると、また扉が開く。

「あれ、みんなでなにしてんの？」

愛宕瞳が楽屋に入ってきた。次から次へ……どうなってんだ？

「あっ、Yokoskyじゃん。Mスタ出んの？」

瞳がいうと、「まだわかんないよ」とosamuが答える。

「瞳、ここスタッフ用の楽屋だぞ？ Yokoskyは瞳のアルバムでコラボしたんだったな。MEGU‐MUのみんなも」

おれがいうと、

「花史くんにLINEで呼ばれたんだけど」

瞳が答えた。

「わたしも、乙木さんにメンバーたちときてほしいって……」

楠瀬もいう。

みんな花史に呼び出されたのか？

「花史、なんのつもりだ？」

すると花史は、みんなにスケッチブックを見せた。

『Ｙｏｋｏｓｋｙの出演企画は三部に分けます。

第一部は、「Ｙｏｋｏｓｋｙ　テレビ初パフォーマンス」

第二部は、「Ｙｏｋｏｓｋｙ　ＶＳ　ＭＥＧＵ－ＭＵ　即興ダンスバトル」

第三部は、「Ｙｏｋｏｓｋｙ　ＶＳ　愛宕瞳　即興ラップバトル」

です！』

予想外な企画を目にし、一同が驚愕する。

だが真奏が「なるほど」といち早く理解して口を開いた。

「テレビ初出演となる平成の最強ラップ＆ダンスグループ、Ｙｏｋｏｓｋｙ。世界最高峰といえる彼らのダンスとラップは生で観るだけでも価値がある。

そんな彼らが、令和の最強アーティストたちとも真剣勝負をする。

ダンスバトルの相手は全国の小中高生から絶大な支持を集めるＭＥＧＵ－ＭＵ。

ラップバトルをするのは、誰もが認める令和の歌姫、愛宕瞳。

勝負を判定するのは会場にいる八千人の観客。声援の大きかったほうが勝者となる。

お茶の間にも浸透しているMEGU-MUと瞳さんも出演することで、大衆の興味を惹いて高視聴率も狙える——花史くん、こういうこと？」

真奏がはずんだ声で訊くと、花史も嬉しそうに何度もうなずいた。

「おもしろそうじゃん」とosamuがすぐに乗った。

「やりたーい！」と瞳も手を挙げながらぴょんぴょんと跳ねる。

「MEGU-MUのみんなは？」

真奏が訊くと、メンバーたちは「やりたいです！」と力強く答えた。Yokoskyの胸を借りられるなんて二度とできないと彼女たちもわかってる。

これならいけるかもしれねえ。

「でもさ、令和のラッパーわたしだけ？　Yokoskyは二人だしハマり悪くね？」

瞳が顔をしかめる。

ダンスバトルは人数がバラバラでも気にならないが、ラップバトルは同じじゃないとたしかに不自然だ。

花史がまたスケッチブックを見せた。

『楠瀬さんにもやってもらいます』

「えっ⁉」と楠瀬が声をあげる。

……そういうことか。

どういうことかわかったおれはニヤリとする。

「楠瀬さん、Ｙｏｋｏｓｋｙの皆さんを、ラップでディスってみてくれよ」

一同が楠瀬に注目する。

「そんな……わたしなんて」と楠瀬は顔の前で手を左右に振る。

しかしｏｓａｍｕがすぐに、「やってみてよ」と楽しげにいった。

「大丈夫だ。おれと花史が保証する」

おれはいった。花史も何度もうなずく。

楠瀬はおれと花史を真剣に見たあと、Ｙｏｋｏｓｋｙに向かってラップを披露した。

見事なラップだった。

即興にもかかわらず、韻を踏んでＹｏｋｏｓｋｙをディスった。それを聴いたＹｏｋｏｓｋｙと瞳は大盛り上がりし、ハイタッチする。さらに楠瀬は自分のこともディスった。

『自分には才能がないけれど絶対に負けない』

そんな内容を歌った。

熱い魂の詰まっていた楠瀬のラップを聴いて、おれは鳥肌が立った。

歌い終わると、Ｙｏｋｏｓｋｙと瞳は大きな拍手をしながら盛り上がった。楠瀬を認めたんだ。

一方、真奏とMEGU－MUは驚きのあまり呆然としていた。楠瀬は彼女たちにラップができることを秘密にしていたからだ。

「ラップなんてできたの？」

真奏が目をまん丸くする。

「真奏さんにアドバイスをもらってから練習したんです」

おれと花史は楠瀬を取材したときにこの特技を知った。

歌やダンスがほかのメンバーより劣っていると気づいた楠瀬は、それで諦めることなく自分の好きなものを分析した。そしてラップの練習を続け、フリースタイルバトルの大会で優勝できるほどの腕前になった。

取材のとき、おれたちをディスったあのラップを聴いた花史は、Ｙｏｋｏｓｋｙと楠瀬を対戦させられると判断したのだろう。

「楠瀬さん、すごいわ」真奏の声は感動で震えていた。

「ありがとうございます」楠瀬は嬉しそうにいった。

花史は梅林にスケッチブックを見せる。

『梅林さん、これで成立しませんか？』

梅林は口を閉ざす。

その顔には焦りが広がっていた。ここまで余裕のない姿は初めてだ。

「つまり……ぼくを告発して、この企画をプロデューサーに提案すると？」

梅林は怒りの目をおれと花史に向ける。

だが花史は微笑みながら首を横に振り、ページをめくった。

『あとは了くんからお伝えします』

……そういうつもりだったのか。そうだよな。あとはおれに任せろ。

花史の意図を汲み取ったおれは口を開いた。

「これは、梅林さんへの〝相談〟です」

梅林は不可解な顔をする。

「おれたちは同じ番組のスタッフです。番組は、一人より二人、二人より四人、四人より八人でつくったほうがおもしろい。だから、梅林さんの意見も聞きたいんです」

これが、おれたちの出した答えだ。

もう勝とうとはしないし、梅林も責めない。園原一二三はスタッフと協力しておもしろい番組をつくる。その姿勢で日本一の放送作家を目指すんだ。それで負けるのなら本望なんだ。

梅林が困惑していると、

「たしかにそうね。みんなで細かく詰めましょう」

真奏が賛同してくれた。彼女ももう迷っていない。

「企画を変更するなら、まずVTRのお蔵入りを避けたい。最悪ギャラが支払われない恐れもあるし、なにより、魂を込めて制作したディレクターたちの仕事を尊重したい。もちろん、梅林さんのコメント部分だけは撮り直してほしいけど」

梅林が細い目を丸くする。

「別の特番として放送しちゃいなよ」

それまで楽屋の隅でおれたちを見守っていた藤堂がいった。

真奏が「さすがです」と嬉しそうに頰を上げる。

「ただ、現状は一般人の街頭インタビューを挟み込んだダンスソングBEST20。単独の特番として成立させるためにはインパクトが弱いかも」

osamuがいった。

「おれたちもインタビューを受けるってのは？」

「マジすか⁉」

つい声が出た。ライブだけじゃなく、そっちも出てくれるのかよ。

「真奏ちゃんのためだもん。ギャラもいらないし。なあ？」

メンバーたちも賛同する。

「わたしたちもお役に立てますか？　真奏さんの力になりたいです」

楠瀬とMEGU-MUのメンバーたちも乗っかる。

「わたしも、了くんと花史くんのために出たい！」

瞳も手を挙げた。

その様子を見ていた真奏が嬉しそうにうなずいた。

「ありがとうございます。これなら特番として成立します。生放送の数時間前ですが、これでプロデューサー陣に企画変更を掛け合えます。チャイさんも賛同してくれるはずです。梅林さん、どう思いますか？」

楽屋にいる全員が梅林に注目する。

ずっと目を丸くしていた梅林は、ゆっくりとうつむいた。

「ぼくを告発したほうが早いでしょう？」

おれは腹から思い切り声を出す。

「意地でもしません。仲間ですから！」

さらに目を大きくする梅林に、おれは続ける。

「梅林さん、あんたは他人を信じてない。だからこそ、この企画をプロデューサー陣に提案すべきかを訊きたいんです。おれたちを信じてない梅林さんに、冷静に企画を判断してほしいんですよ」

梅林は目を伏せた。

この男はおれが出会ってきたテレビマンの中でも一番のクソ野郎だ。

だけど、テレビマンならこれだけは同じはずだ。

梅林がゆっくりと顔を上げる。

「おもしろいんやから、提案するしかないですよ」

悔しそうにいった。

そう、これだけは善も悪もない。そんなもん超越してるんだ。

おれたちは全員で、プロデューサー陣のもとに向かった。

本番当日に企画の変更を頼むなんて、間違いなく前代未聞だ。プロデューサー陣は許可しないかもしれない。いや、その確率のほうが高いだろう。

けれど、これで負けても、納得ができる。

おれは納得して生きたいんだよ。

楽しく生きるためには、それが必要だ。


「本番十秒前――」

スタッフの声が会場に鳴り響く。

この先はどうなるのか、観てみないとわからない。

だが、それでいい。それこそがテレビだ。

予定調和じゃつまらねえ。視聴者を裏切って興奮させろ。

喜ばせろ。怒らせろ。哀しませろ。楽しませろ。
愛を与えろ。熱くさせろ。夢中にさせろ。幸せにしろ。
そんな思いを企画に込めろ。自分らしさをぶちまけろ。
そうすりゃあ、生きてる実感が湧く。
いつでも力を出し尽くせ。じゃなきゃ時間がもったいねえぜ。
とがったギターの音色が会場に降り注いだ。
お馴染みのオープニングテーマ曲とともに、その生放送は始まった。
おれの命は、今日も熱く燃えていた。

この作品は書き下ろしです。

〈著者紹介〉
望月拓海（もちづき・たくみ）
神奈川県横浜市生まれ。日本脚本家連盟会員。放送作家として活動後、2017年『毎年、記憶を失う彼女の救いかた』で第54回メフィスト賞を受賞しデビュー。男女問わず共感を呼ぶ丁寧な心情描写を武器に、サプライズ溢れる物語を綴る。2021年には放送業界を舞台にした青春小説『これでは数字が取れません』を刊行。本書はその続編である。

これってヤラセじゃないですか？

2021年11月16日　第1刷発行　　定価はカバーに表示してあります

著者……………………望月拓海《もちづきたくみ》

発行者……………………鈴木章一
発行所……………………株式会社 講談社
〒112-8001 東京都文京区音羽2-12-21
編集03-5395-3510
販売03-5395-5817
業務03-5395-3615

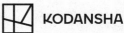

本文データ制作…………講談社デジタル製作
印刷……………………豊国印刷株式会社
製本……………………株式会社国宝社
カバー印刷……………株式会社新藤慶昌堂
装丁フォーマット………ムシカゴグラフィクス
本文フォーマット………next door design

ISBN978-4-06-526070-8　N.D.C.913　348p　15cm

講談社タイガ

望月拓海

これでは数字が取れません

イラスト

鈴木りつ

「この国で一番稼ぐ放送作家になれる。オレたち二人なら——」

伝説の放送作家、韋駄源太《いだげんた》。彼が率いる作家集団《韋駄天《いだてん》》の新人採用試験で、番組作りへの情熱は誰にも負けない元ヤン・大《おお》城了《しろりょう》は、超あがり症の企画作りの天才・乙木花史《おとぎはなふみ》と出会った！

パワハラ、過重労働《ブラック》……夢だけじゃなく闇もあふれるテレビ業界を舞台に、熱くて笑えて最後に泣けるお仕事エンタメ開幕!!

講談社タイガ

望月拓海

透明なきみの後悔を見抜けない

気がつくと駿府《すんぷ》公園の中央広場にいた。ぼくは——誰なんだ？　記憶を失ったぼくに話しかけてきた、柔らかな雰囲気の大学生、開登《かいと》。人助けが趣味だという彼と、ぼくは失った過去を探しに出かける。心を苛《さいな》む焦燥感。そして思い出す。ぼくは教師で、助けたい子がいるんだ！　しかしぼくの過去には驚きの秘密が……。本当の自分が見つかる、衝撃と感動が詰まった恋愛ミステリー。

講談社タイガ

虚構推理シリーズ

城平 京

虚構推理短編集
岩永琴子の出現

イラスト
片瀬茶柴

妖怪から相談を受ける『知恵の神』岩《いわなが》永琴《こと》子《こ》を呼び出したのは、何百年と生きた水神の大蛇。その悩みは、自身が棲まう沼に他殺死体を捨てた犯人の動機だった。――「ヌシの大蛇は聞いていた」

山奥で化け狸が作るうどんを食したため、意図せずアリバイが成立してしまった殺人犯に、嘘の真実を創《つく》れ。――「幻の自販機」

真実よりも美しい、虚《うつ》ろな推理を弄ぶ、虚構の推理ここに帰還！

講談社タイガ

虚構推理シリーズ

城平 京

虚構推理短編集
岩永琴子の純真

イラスト
片瀬茶柴

雪女の恋人に殺人容疑がかけられた。雪女は彼の事件当夜のアリバイを知っているが、戸籍もない妖怪は警察に証言できない。幸福な日々を守るため彼女は動き出す。――『雪女のジレンマ』

死体のそばにはあまりに平凡なダイイングメッセージ。高校生の岩永琴《いわながこと》子《こ》が解明し、反転させる！――『死者の不確かな伝言』

人間と妖怪の甘々な恋模様も見逃せない人気シリーズ第4作！

講談社タイガ

浜口倫太郎

ゲーム部はじめました。

イラスト
usi

　春の季節は大嫌い。青春はいつも他人《ひと》のもの。スポーツ強豪校の星海《せいかい》学園の高校一年生、七瀬遊《ななせゆう》は身体が弱く運動ができない。運動部のマネジャーにも気が進まない中、不思議なイラストが描かれた「ゲーム部」の勧誘チラシを発見する。部員５人を１ヵ月以内に集めなければ部の設立は不可⁉　ゲーム甲子園で優勝しなければ廃部⁉　苦難を仲間と乗り越えられたなら、それは青春だ。

講談社
タイガ

探偵は御簾の中シリーズ

汀こるもの

探偵は御簾の中
検非違使と奥様の平安事件簿

イラスト
しきみ

　恋に無縁のヘタレな若君・祐高《すけたか》と頭脳明晰《めいせき》な行き遅れ姫君・忍《しのぶ》。平安貴族の二人が選んだのはまさかの契約結婚!?　八年後、検非《けび》違使別当《いしのべっとう》（警察トップ）へと上り詰めた祐高。しかし周りからはイジられっぱなしで不甲斐《ふがい》ない。そこで忍は夫の株をあげるため、バラバラ殺人、密室殺人、宮中での鬼出没と、不可解な事件の謎に御簾《みす》の中から迫るのだが、夫婦の絆《きずな》を断ち切る思わぬ危機が!?

講談社
タイガ

乙野四方字　原作：吉浦康裕

アイの歌声を聴かせて

イラスト
ふすい

サトミが通う高校に転入してきた、変わった少女・シオン。彼女が母によって製作されたAIだと知ったサトミは、それを知られまいと大奮闘。幼馴染みのトウマをはじめとする仲間とともに、いつしかシオンのひたむきな姿と歌声に心を動かされていく――。『イヴの時間』『サカサマのパテマ』監督・吉浦康裕の世界を、乙野四方字が色鮮やかに描き出す、歌って踊れるSF青春小説！

講談社タイガ

似鳥鶏

叙述トリック短編集

イラスト
石黒正数

作者の仕掛ける〔魔法〕はこの本すべてにかけられている――「この短編集は『叙述トリック短編集』です。収録されている短編にはすべて叙述トリックが使われておりますので、騙《だま》されぬよう慎重にお読みくださいませ。」（読者への挑戦状より）大胆不敵に予告されていても、読者《あなた》は必ず騙される！　本格ミステリの旗手がその超絶技巧で生み出した、異色にして出色の傑作短編集!!

講談社タイガ

アンデッドガールシリーズ

青崎有吾

アンデッドガール・マーダーファルス　3

イラスト
大暮維人

闇夜に少女が連れ去られ、次々と喰い殺された。ダイヤの導きに従いドイツへ向かった鴉夜《あや》たちが遭遇したのは、人には成しえぬ怪事件。その村の崖下《がいか》には人狼の里が隠れているという伝説があった。〝夜宴《バンケット》〟と〝ロイズ〟も介入し混乱深まる中、捜査を進める探偵たち。やがて到達した人狼村で怪物たちがぶつかり合い、輪堂《りんどう》鴉夜の謎解きが始まる——謎と冒険が入り乱れる笑劇《ファルス》、第三弾！